Пристроился

Петр Боборыкин

Пристроился

© Индоевропейских Издание , 2021

ISNB: 978-1-64439-563-9

СОДЕРЖАНИЕ

ПРИСТРОИЛСЯ

I

Отставной унтеръ-офицеръ Грибцовъ стоялъ у зеркала, около перегородки для вѣшанья платья, и смотрѣлъ на свѣтъ старческими сѣрыми глазами. Онъ еще держится на ногахъ; но его уже сильно погнуло; по щекамъ пошли красныя жилки, брови повылѣзли. Къ нему приставлены два мальчика и молодой малый изъ уланскихъ вахтеровъ. Это обижаетъ старика. Когда поднимется по широкой парадной лѣстницѣ кто-нибудь изъ давнишнихъ гостей, онъ самъ снимаетъ шубу или пальто и говоритъ, не спѣша, точно со вздохомъ:

— Здравствуйте, батюшка!

И старается каждый разъ припомнить имя и отчество.

Теперь заведеніе помѣщено въ чертогахъ; а ему любо вспоминать про прежній трактиръ, на другой сторонѣ улицы, гдѣ его шинельная ютилась въ самомъ буфетѣ, а онъ сидѣлъ въ углу въ полупотемкахъ и вслухъ разбиралъ "Московскія Вѣдомости". Тѣсненько жилось и съ грязцой, а сердцу мило. И — занятно! Здѣсь только пройдутъ этой большой, ни къ чему не нужной комнатой, а тамъ первое мѣсто во всемъ трактирѣ считалось: и къ водкѣ каждый подойдетъ, и закусить, кулебяки кусокъ или корюшки маринованной, присядетъ къ столу, сейчасъ газету, а то и журналъ цѣлый... Сколько годовъ "сочинитель" Николай Ѳедорычъ ходилъ. Дни цѣлые просиживалъ передъ буфетомъ, у перваго стола. Придетъ во второмъ часу, листовки двѣ рюмки выпьетъ и сейчасъ, немного заикаясь, громко окличетъ:

— Грибцовъ!

— Чего изволите?

— Вѣдомости читаешь?

— Такъ точно.

— Одобряешь?

— Одобряю-съ.

1

Газеты пересмотрить одну за другой, толстый журналъ возьметъ, почитаетъ и начнетъ балагурить. Буфетъ — "раемъ" называлъ, хозяина — "Саваоѳомъ", буфетчика Михайлу — "архангеломъ", горку для водокъ, въ видѣ ствола съ сучьями, "древомъ познанія добра и зла". Въ театръ не стоило заглядывать — своя комедія была. Обѣдать ходилъ въ билліардную, непремѣнно, чтобы щей или борщу, потомъ партійки двѣ сыграетъ и частенько тутъ же на диванѣ прикурнетъ, а то домой сходитъ — неподалечку жилъ — вечеромъ, часовъ въ девять, ужь сидитъ у своего стола, почитываетъ и балагуритъ...

Въ дверь, противъ лѣстницы, видна зала въ два свѣта, вся голубая: яркій морозный день льется въ двойной рядъ оконъ съ короткими верхними драпировками. Еще дальше темнѣетъ зелень зимняго сада. Эта половина трактира была еще пуста. Шелъ первый часъ, часъ завтраковъ, больше на той половинѣ, гдѣ буфетъ и машина. Мальчики въ сѣрыхъ полуфракахъ сновали черезъ темную комнату передъ буфетомъ. Лакеи — на половину татары — раскладывали карточки по столамъ въ комнатахъ, выходящихъ окнами на Невскій... За буфетомъ прикащикъ, съ спокойнымъ блѣднымъ лицомъ, похаживалъ за прилавкомъ и тихо покрикивалъ на мальчиковъ.

Народу прибывало. Вслѣдъ за двумя артиллерійскими офицерами и военнымъ медикомъ, медленно поднялся по лѣстницѣ молодой человѣкъ, въ высокой цилиндрической шляпѣ и пальто съ бобровымъ воротникомъ. Пальто сидѣло на немъ, какъ на вѣшалкѣ, поверхъ высокихъ ботовъ торчали панталоны изъ дорогого трико, но зашмаренныя по бортамъ. Весь онъ какъ-то перекосился и шелъ съ посадкой загулявшаго мастерового. И лицо у него — испитое и сонное — было въ такомъ же родѣ. Онъ носилъ темнорусые усы и бородку.

Пальто началъ стаскивать съ него одинъ изъ мальчиковъ. Грибцовъ приподнялся-было со своего табурета, но, увидавъ, кто пришелъ, тотчасъ же опустился.

Изъ пальто гость вылѣзъ въ синей жакеткѣ, безъ таліи. Она сидѣла на немъ такъ же, какъ и пальто, плохо была чищена, но видимо шита у хорошаго портного. Уныло осмотрѣлся гость,

2

взялъ сначала влѣво, къ большой залѣ, неловко повернулся и пошелъ къ буфету. Помощникъ Грибцова и оба мальчика раскланялись съ нимъ фамильярно, а старикъ пустилъ изъ-за перегородки:

— Не сразу дяденькины денежки пропьетъ... Долго еще будетъ шляться...

— Потому компанію любить... Ну, и подаютъ ему, какъ барину, замѣтилъ одинъ изъ мальчиковъ.

Всѣ трое разсмѣялись, а Грибцовъ покачалъ головой и выговорилъ только:

— Грѣхи!..

II

Гость выпилъ у буфета двѣ рюмки, закусилъ спѣшно, глядя все въ бокъ, и потащился, волоча ноги, въ дальнюю комнату съ органомъ. Панталоны волочились у него сзади по полу. Одно плечо онъ держалъ выше другого, шляпу несь, какъ носятъ лоханку съ водой. На худой шеѣ пестрый шарфъ затыкала цѣнная булавка съ жемчужиной, но воротнички рубашки были помяты и руки безъ перчатокъ, съ грязными ногтями. Курчавые волосы стояли комомъ на лбу.

Онъ сѣлъ за столъ, подозвалъ человѣка и что-то заказалъ. Газеты онъ не спросилъ, а сидѣлъ, нагнувъ низко голову, и поводилъ ее, поглядывая на завтракающихъ. Его можно бы было принять за сильно выпившаго. Но онъ только опохмѣлялся. Онъ начиналъ свой день. Изъ одного трактира переходилъ онъ въ другой, ища компаніи, говорилъ мало и точно съ трудомъ, за всѣхъ знакомыхъ платилъ, сидѣлъ до самаго поздняго часа и рѣдко возвращался домой одинъ — почти всегда его отвозили съ служителемъ.

Грибцовъ не даромъ относился къ этому гостю презрительно. Не больше двухъ лѣтъ назадъ, гость этотъ служилъ самъ въ трактирѣ, звался просто "Ѳедькой" и подавалъ бифштексы... Онъ былъ изъ захудалаго купеческаго рода, перебравшагося въ мѣщанство, но еще значился нѣсколько годовъ "купеческимъ сыномъ". Отъ дяди достался ему капиталъ въ полтораста тысячъ. Изъ Ѳедьки превращается онъ въ третьей гильдіи купца "Ѳедора Онисимыча Бурцева". И стало его тянуть въ тотъ самый трактиръ, гдѣ еще такъ недавно ему давали гривенники, гдѣ онъ откупоривалъ бутылки пива и сельтерской воды. Служилъ онъ всегда скверно, все у него валилось изъ рукъ, пробки не выходили изъ горлышка, вода расплескивалась. Разъ въ недѣлю онъ слегка "урѣзывалъ". Пьяницей, однако, не считался.

Теперь деньги налегли на него праздничной обузой. Тоска гложетъ его дома. Читать онъ умѣлъ одни заглавія газетъ, въ торговлю его не тянуло; часто грудь у него болѣла... И точно службу несъ онъ, ходя по трактирамъ. Гордости и чванства онъ не зналъ, лакеямъ совѣстился говорить "ты". Мальчиковъ звалъ "Миша", "Ваня" и давалъ всѣмъ на водку очень щедро, но все-таки ему мало оказывали уваженія, служили съ усмѣшечками и за панибрата, и въ каждомъ трактирѣ сейчасъ же узнавали, что онъ самъ былъ "Петрушкой Уксусовымъ".

Сегодня поджидаетъ Бурцевъ компанію, особенно одного новаго пріятеля... На прошлой недѣлѣ сидѣлъ онъ за столомъ въ этой самой комнатѣ, уже вечеромъ, и такъ ему грустно стало отъ одинокаго питья пива. Къ тому же столу подсаживается молодой человѣкъ его лѣтъ, съ газетой. Очень онъ Бурцеву понравился видомъ своимъ.

— Вы не купеческаго званія будете? спрашиваетъ онъ его.

— Въ настоящее время, отвѣчалъ тотъ: — я не этого званія, а роду дѣйствительно купеческаго.

— А какъ звать прикажете?

— Крупениковъ, Антонъ Сергѣевъ.

— А я — купеческій сынъ Ѳедоръ Бурцевъ.

Онъ себя всегда "купеческимъ сыномъ" называетъ.

Спросилъ онъ сейчасъ мадеры. Гость поблагодарилъ, и двѣ бутылочки они усидѣли. И оказался этотъ Крупениковъ душевнѣйшимъ малымъ, и съ перваго разговора достаточно со своей судьбой познакомилъ.

Были у него деньги — остались отъ родителей — небольшія, но опекунъ сильно пощипалъ наслѣдство. По юности своей, онъ, выйдя изъ гимназіи, немного "чертилъ" по Москвѣ. Онъ и родомъ московскій. Объявился у него голосъ. Поѣхалъ учиться и за-границей былъ. На это послѣдній достатокъ пошелъ. Вернулся, думалъ себѣ сразу одобреніе найти, прогремѣть. А между тѣмъ, чуть не въ хористахъ состоитъ на шести стахъ рубляхъ. Малый молодой, пожить хочется, и тоска его гложетъ, что ходу ему не даютъ.

Бурцеву понравилось и то, что "артистъ" (такъ онъ его называлъ про себя) съ благородствомъ себя держитъ, не сталъ къ нему въ дружбу втираться и взаймы денегъ просить. А видимое дѣло — нуждается: обѣда въ семь гривенъ не можетъ себѣ спросить, и платье — хоть и въ чистотѣ соблюдаетъ, сильно поношено. Главное: гордости въ немъ никакой. Не кичится тѣмъ, что на театрѣ служитъ и уроки ему давали гдѣ-то заграницей, по золотому за урокъ.

Бурцевъ не прочь его бы и поддержать. Да не однѣхъ ему денегъ надо; а ходъ получить по своему дѣлу. Вотъ тогда и окладъ дадутъ, и въ газетахъ хвалить будутъ, и за вечеръ по три радужныхъ платить станутъ.

Первая бутылка пива была уже выпита, когда къ столу подошелъ тотъ, кого поджидалъ Бурцевъ.

III

Онъ казался гораздо моложе Бурцева, но бѣлокурые подстриженные волосы уже порѣдѣли на лбу. Круглыя щеки съ румянцемъ, голубые, большіе, не много разбѣгающіеся глаза, вырѣзъ ноздрей, усмѣшка — все это говорило о купеческомъ происхожденіи. Глаза улыбались, но на лицѣ лежала тѣнь, а по губамъ, яркимъ и свѣжимъ, проходила черта обиженности — чисто русское выраженіе. По сложенію, онъ былъ полноватъ, средняго роста и носилъ подстриженную густую бородку съ рыжиной. Вокругъ глазъ сидѣло по нѣскольку веснушекъ. Сѣрый пиджакъ и такія же панталоны донашивалъ онъ изъ своего лѣтняго платья; длинные отложные воротнички и маншеты были чисты.

5

Бурцевъ привсталъ, крѣпко пожалъ ему руку и пригласилъ жестомъ руки — на диванъ.

— Пожалуйте, хереску не прикажете ли?

Крупениковъ отеръ платкомъ лобъ и, опуская платокъ въ наружный боковой карманъ, произнесъ высокимъ пріятнымъ голосомъ, съ московскимъ акцентомъ:

— Умаялся нынче какъ... страсть!

— А закусить?.. Не угодно ли хорошій биточекъ или почекъ въ мадерѣ?

Бурцевъ выговаривалъ слова унылымъ звукомъ; но глаза его останавливались на новомъ трактирномъ пріятелѣ съ особой лаской, насколько онъ умѣлъ это выразить. Онъ внутренно гордился знакомствомъ съ артистомъ.

Крупениковъ осмотрѣлъ комнату. Бурцевъ замѣтилъ это.

— Поджидаете нѣшто кого?

— Обѣщался тутъ одинъ нашъ хористъ, Мухояровъ...

— Это какой-съ? Длинные волосы... и брови срослись?.. Точно какъ будто изъ духовнаго званія?

— Ха, ха!.. Похожъ. Именно онъ и есть самый.

— Мы ихъ давно знаемъ... Они больше въ билліардной. Этимъ, кажется, и промышляютъ... хотя противъ маркела здѣшняго — далеко.

— Онъ, онъ!

— Не видалъ въ этой половинѣ. А быть ему въ билліардюй... Спосылаемъ мальчика.

Бурцевъ подозвалъ человѣка.

— Мухоярова господина знаете? На билліардѣ хорошо играетъ?

— Знаю-съ, утвердительно выговорилъ лакей.

— Попросите сюда. Господинъ-молъ Крупениковъ пришелъ. А Бурцевъ проситъ откушать портеру.

Лакей ушелъ.

— Мы съ нимъ тоже въ знакомствѣ, прибавилъ Бурцевъ. — Выпить основательно любитъ. И не гордъ. А вамъ по дѣлу?

— Да, что-жъ прикажете дѣлать?! вырвалось у Крупеникова, и щеки его сразу покраснѣли. — Надо на разныя штуки подыматься! Мухояровъ сведетъ меня съ актерикомъ

6

однимъ. Сусанинъ — фамилія... Пенсію получаеть и мастерить любительскіе спектакли. Такъ въ опереткѣ одной, одноактной, въ бенефисъ его, въ клубномъ спектаклѣ...

Крупениковъ остановился и закурилъ папиросу на свѣчѣ. По мѣрѣ того, какъ онъ говорилъ, рѣсницы все опускались и губы выражали все сильнѣе усмѣшку обиженности. Ему совѣстно было передъ этимъ трактирнымъ купчикомъ. Добрый онъ малый, да гдѣ же у него пониманіе? И то ужь достаточно горько для артиста съ чувствомъ, что принимаешь его угощеніе.

— И Сусанина этого мы видали здѣсь, точно обрадовавшись, сказалъ Бурцевъ.

— Не знаю, что изъ этого будетъ. Онъ, слышно — малый ловкій...

— Это точно. Жаловались, которыхъ онъ нанималъ... наровить на даровщинку.

— Я и на это пойду, на первыхъ порахъ. Надо же себя хоть передъ клубной публикой заявить! А концертовъ долго ждать, да въ концертахъ и нельзя показать игры никакой...

Щеки его все разгорались. Волненіе овладѣло имъ въ разговорѣ объ карьерѣ. Онъ не могъ его сдержать, хоть и совѣстно было, каждый разъ, такъ изливаться передъ первымъ попавшимся трактирнымъ посѣтителемъ. Голосъ его дѣлался выше и все чаще и чаще вздрагивалъ.

За буфетомъ онъ выпилъ большую рюмку горькой. Двѣ рюмки хересу и квасной стаканъ портеру приподняли его душевное настроеніе.

— Извѣстное дѣло! зачѣмъ не попробовать?.. выговаривалъ съ усиліемъ Бурцевъ. — Я, Антонъ Сергѣичъ, всей душой!..

Пространно изливаться онъ не умѣлъ, даже и въ сильномъ хмѣлю. Крупеникова трогала эта быстрая симпатія къ нему бывшаго трактирнаго лакея.

"Все лучше, чѣмъ ничего", думалъ онъ; но у него не было тайныхъ разсчетовъ на карманъ Бурцева. До этого онъ не хотѣлъ "унижаться".

— И въ опереткѣ можно себя показать! бодрѣе вскричалъ онъ, и глаза его заиграли жидкимъ блескомъ.

7

IV

Изъ билліардной явился хористъ Мухояровъ, такого именно вида, какъ его опредѣлилъ Бурцевъ, и заговорилъ басомъ протодьякона. Его и перетащилъ въ хоръ изъ монаховъ какой-то первый теноръ, любившій ѣздить на богомолья.

Мухояровъ вдвинулъ свою высокую и плечистую фигуру бокомъ. Длинный черный сюртукъ его весь былъ перепачканъ мѣломъ, обшлага засучены, на шеѣ вязаный шарфъ.

— А, почтеннѣйшій! окликнулъ онъ Бурцева и подалъ ему огромную руку, заросшую волосами.— Портерку?.. Извольте! Ваше здоровье! И вамъ, господинъ теноръ! Стрекулистъ тотъ сейчасъ явится. Я его видѣлъ тамъ, въ зимнемъ саду, кого-то обработываетъ. Вы, дружище, съ нимъ построже; я ужъ ему говорилъ, какъ надо съ вами обойтись. Онъ наровитъ десять рубликовъ за представленіе.

Хористъ уже сидѣлъ и дымилъ своей толстой крученой папиросой, вставленной въ длинный мундштукъ изъ тростника.

Крупеникова немного коробило отъ его фамильярнаго и семинарскаго тона. Все-таки, самъ онъ значится въ числѣ исполнителей, хоть и выходныхъ ролей; а Мухояровъ — простой хористъ, горлодёръ безъ всякаго музыкальнаго образованія. Но, по крайней мѣрѣ, этотъ монастырскій служка не ехидствуетъ, не завидуетъ. Можно съ нимъ хоть поругать оперные порядки и начальство, не боясь, что онъ побѣжитъ ябедничать...

— Эльцу! Господа! приглашалъ Бурцевъ.— Одно къ одному, значитъ... Сперва-начала портеръ, а потомъ эль!

— Отмѣнно! пробасилъ Мухояровъ и допилъ свой портеръ.

Бурцевъ подозвалъ лакея и заказалъ ему на ухо:

— Съ этакимъ ярлыкомъ... знаете?... Онъ сдѣлалъ пальцемъ какую-то фигуру: — а не того, что всѣмъ даютъ.

— Любитель! пустилъ басомъ хористъ и ударилъ Бурцева по плечу.— Эти напитки — самые лучшіе для нашего брата. Господинъ теноръ! и вамъ совѣтую ихъ держаться. А вотъ что употребляютъ всякую дрянь передъ выходомъ на сцену: яйца сырыя, сельтерскую воду тамъ, что-ли... такъ я считаю это однимъ суевѣріемъ. Госпожа Патти, слышно, стаканъ пива выпиваетъ. А покойникъ Осипъ Аѳанасьичъ говаривалъ... А! гряди, чадо! крикнулъ Мухояровъ и всталъ на встрѣчу новому гостю.

Актерикъ на пенсіи, Сусанинъ, человѣчекъ съ тонкимъ и длиннымъ носомъ, бритый и совсѣмъ лысый, въ клѣтчатомъ кофейномъ костюмѣ, приблизился къ столу мелкими шажками, потирая руки.

— Вась, кажется, встрѣчалъ здѣсь? сладко спросилъ онъ Бурцева и тотчасъ же прищурился на тенора:— господина Крупепикова имѣю удовольствіе видѣть?

Голосъ у него отзывался звуками учтиваго капельдинера.

Крупеникову вдругъ противно стало толковать съ этимъ актеромъ при Мухояровѣ и Бурцевѣ, играть роль protégé грубаго горлана — хориста.

— Мы послѣ... выговорилъ онъ.

— Спектакликъ-то мнѣ хочется наладить... Вотъ Висаріонъ Иванычъ говорилъ, что вы согласны взять Галатею...

Слегка отуманенная голова Крупеникова не освободила его отъ новаго наплыва горечи и приниженности. Не туда рвался онъ, не такого случая ждалъ. Передъ нимъ горѣла, точно огненная, та звѣзда, которая откроетъ ему ходъ къ славѣ и успѣху. Потерпѣть еще полгода; а можетъ, и меньше... Кто-нибудь вдругъ заболѣетъ. Партіи у него давно выучены. Онъ самъ вызывается. Его "выкачиваютъ" десять разъ. Или его ведутъ къ композитору... создать новое лицо...

Глаза Крупеникова ушли, въ эту минуту, далеко. Мимо дверей въ слѣдующую комнату мелькали лакеи и гости. Но вотъ онъ останавливается на одной фигурѣ и видитъ, что она идетъ къ буфету.

— Позвольте, господа! быстро выговорилъ онъ и всталъ: — знакомый... надо его догнать!

И почти побѣжалъ черезъ слѣдующую комнату. Онъ, дѣйствительно, узналъ знакомаго. Съ этимъ человѣкомъ уйдетъ онъ въ свои надежды и мечты, отведетъ душу съ настоящимъ музыкантомъ.

9

V

Онъ догналъ въ большой залѣ человѣка лѣтъ подъ сорокъ, рослаго брюнета, съ зачесанными назадъ сѣдѣющими волосами, въ толстомъ драповомъ сюртукѣ.

— Евстафій Петровичъ! радостно крикнулъ онъ:— какъ я счастливъ видѣть васъ!

Ему улыбнулось, въ отвѣтъ, поблеклое лицо музыканта и смотрѣло на него круглыми воспаленными глазами. Носъ, немного вздернутый, былъ красенъ. По щекамъ шли пятна. Жидкая борода росла неровно. Но все это скрашивалось улыбкой. Ротъ дышалъ добродушіемъ. Его мало портили даже несвѣжіе зубы. Онъ подалъ Крупеникову тонкую, красивую руку съ длинными пальцами.

— А, голубчикъ! отозвался онъ мягкимъ сиповатымъ голосомъ: — душевно радъ! Давно не видалъ васъ.

— Вы здѣсь кушаете? почтительно спросилъ Крупениковъ.

— Закусить зашелъ, по дорогѣ. Въ той комнатѣ кое-кого повстрѣчалъ... я тамъ себѣ велѣлъ подать, въ зимнемъ саду... А вы?

— Я такъ, путался съ одной компаніей, да очень ужъ она мнѣ... вы позволите посидѣть около васъ?

— Сдѣлайте одолженіе.

Крупениковъ радостно переминался, слѣдуя бокомъ за своимъ знакомымъ. Онъ могъ, хоть сколько-нибудь, отвести душу съ понимающимъ человѣкомъ. Съ Евстафіемъ Петровичемъ Ковринымъ познакомился онъ въ одномъ концертѣ. Ковринъ — отличный пьянистъ и сочиняетъ пьесы. Его голосъ сильно хвалилъ. До сихъ поръ помнитъ онъ лестныя слова Коврина. Музыкантъ ѣлъ скоро. Крупениковъ сидѣлъ около него въ одной изъ бесѣдокъ зимняго сада.

— Ну, какъ вы, голубчикъ, устроились здѣсь? спросилъ Ковринъ и запилъ кусокъ мяса пивомъ.

— Бѣдствую, тихо и чуть не со слезами выговорилъ Крупениковъ:— все равно, что хористъ, числюсь на роляхъ; а ничего не пою-съ.

И вылилъ онъ всю свою душевную горечь; сказалъ и то, что

вотъ сейчасъ соглашался даже на клубной сценѣ въ опереткѣ выступать. Ему легко было изливаться Коврину. Онъ чувствовалъ доброту и мягкость пьяниста. Тотъ слушалъ, поглядывая на него своими ласковыми, воспаленными глазами.

— Голосъ у васъ — прекрасный, сказалъ Ковринъ, утеря салфеткой и закурилъ папиросу.— Нѣсколько нотокъ совсѣмъ бархатныхъ. И лирическій огонёкъ есть, въ русскомъ вкусѣ. Вы могли бы создать бытовое лицо. Выждать надо. Я, лѣнтяй, который годъ все обдумываю... А вотъ что вы мнѣ скажите: хотите вы поручить свою судьбу одной толковой бабѣ?

— Какъ бабѣ-съ?

— Такъ... и второй вамъ еще вопросъ: есть страсти у васъ? Онъ понизилъ голосъ.

— То есть, какія же это? недоумѣвалъ Крупениковъ.

— А вотъ хоть бы это?

Ковринъ выразительно и съ усмѣшкой щелкнулъ по пустой уже бутылкѣ пива.

— Я — не пьяница, искренней нотой отвѣтилъ Крупениковъ:— а не отказываюсь, если съ пріятелемъ. Прежде и покучивалъ, когда деньги водились, молодъ былъ; однако, въ мѣру, и теперь всегда могу остановиться.

— Можете? Это хорошо. А вотъ я, душа моя, вамъ прямо признаюсь, слабъ. Ужь какъ это явилось — долго разсказывать. И никакъ я съ собой не могъ совладать, опустился, забросилъ совсѣмъ инструментъ, забросилъ все... Никакихъ идей. Вотъ толковая-то баба и взяла меня въ руки. И поступилъ я къ ней на исправленіе. Тяжеленько подъ часъ, за то есть надзоръ. Здѣсь не засижусь. Рюмку водки выпилъ, стаканъ пива — и довольно. А то какими глазами погляжу я на Прасковью Ермиловну, а?

Онъ разсмѣялся. Крупениковъ все еще недоумѣвалъ.

— Да вы, голубчикъ, не подумайте, что эта Прасковья Ермиловна — какая-нибудь сожительница моя или что она меня содержитъ изъ любовнаго влеченія. Тутъ другая статья. Вотъ потому-то я и васъ спросилъ: хотите ли вы поручить свою судьбу толковой бабѣ? О Прасковьѣ Ермиловнѣ Скакуновой не слыхали развѣ?

11

— Нѣтъ, не приводилось, очень серьёзно выговорилъ Крупениковъ.

— Прасковья Ермиловна — это, голубчикъ, дѣлецъ по музыкальной части; она учитъ, доставляетъ мѣста, выводитъ въ люди. Такой второй у насъ нѣтъ.

— Артистка?

— Бывшая. У ней своя школа. Да вы послушайте. Вотъ какъ я совсѣмъ развихлялся, она береть меня въ уголъ, да и говоритъ: "Ковринъ!— мы съ ней ужь давно на ты — ты совсѣмъ погубишь себя. Одного тебя оставлять нельзя". "Совершенно вѣрно", отвѣчаю я ей. "Иди ко мнѣ. Я тебѣ квартиру, столъ и сто рублей жалованья, будешь учить теорiи и игрѣ; только я тебя сначала выдержу и денегъ на руки полностью давать не стану". И я согласился, да вотъ больше года и проживаю у ней. Сначала тяжеленько было — не скрою, даже до бурь у насъ доходило; одинъ разъ собрался-было бѣжать... Но она вела свою линiю, и все это душевно, отъ добраго сердца. Положимъ, я ей нуженъ; но вмѣсто меня она могла бы сейчасъ найти. Нынче голодныхъ-то музыкантовъ довольно по Петербургу рыщетъ. Черезъ три-четыре мѣсяца — втянулся и сталъ субординацiю выносить съ легкимъ сердцемъ. Чувствую, что безъ Прасковьи Ермиловны — я долго не продержусь. Такъ вотъ, душа моя, васъ и надо свести къ моей начальницѣ. Лучше нея никто вамъ не укажетъ ходовъ.

Щеки Крупеникова опять разгорѣлись, зрачки голубыхъ глазъ сильно расширились.

— А онѣ какихъ лѣтъ? спросилъ онъ.

— Прасковья-то Ермиловна? Да ужь подъ пятьдесятъ. Только она еще ничего — лицо прiятное... Одно — тучность одолѣваетъ.

— Въ замужествѣ находятся?

— Кажется, вдова, а достовѣрно не знаю. У ней бывали сердечныя исторiи; сердце у ней и до сихъ поръ нѣжное...

Ковринъ тихо разсмѣялся и позвонилъ. Расплатившись, онъ обратился опять къ Крупеникову и прiятельскимъ тономъ сказалъ:

— Если хотите, зайдите ко мнѣ. Теперь Прасковья Ермиловна должна быть дома.

— Я несказанно радъ! Не знаю, какъ васъ благодарить, Евстафій Петровичъ!

У Крупеникова перехватило даже голосъ. Онъ быстро всталъ и нервно оглянулся по направленію къ залѣ.

— Васъ тамъ ждутъ? спросилъ Ковринъ.

— Нѣтъ, я ужъ туда не пойду! Знаете, Евстафій Петровичъ, мнѣ тяжко сдѣлалось. Народъ-то ужъ больно неподходящій. Шапка моя тамъ осталась, я человѣка пошлю...

Онъ послалъ лакея. Въ передней, когда ему подавали шубу, лакей, ходившій за шапкой, передалъ ему приглашеніе: "пожаловать къ тѣмъ господамъ".

Крупениковъ махнулъ рукой, догоняя Коврина, сходившаго съ лѣстницы.

— Что жъ прикажете сказать? спросилъ въ слѣдъ лакей.

— Тороплюсь, не могу! крикнулъ Крупениковъ.

"Бурцевъ, навѣрно, совсѣмъ уже пьянъ, тревожно думалъ онъ: — а съ тѣми я не хочу и связываться. Вотъ Евстафія Петровича буду держаться!"

Пьянистъ стоялъ внизу, на площадкѣ, въ старенькомъ Пальмерстонѣ и натягивалъ зимнія касторовыя перчатки.

VI

Школа Прасковьи Ермиловны Скакуновой занимала цѣлый этажъ, съ особымъ ходомъ, въ одномъ изъ новыхъ переулковъ Литейной части.

Они прошли по узкому корридорчику въ комнату пьяниста, высокую, въ два большія окна, съ перегородкой, драпированной зеленой портьерой. Стояло въ углу роялино. Изъ-за стеколъ узкаго шкапа виднѣлись переплеты нотныхъ тетрадей. Двѣ кипы нотъ лежали на инструментѣ. Въ этой комнатѣ пахло папироснымъ дымомъ; видно было, однако, что ее старательно убираютъ въ отсутствіе жильца. Мебель подъ воскъ съ зеленымъ шерстянымъ репсомъ отзывалась

Апраксинымъ; но ее разставили весело и уютно. У окна стояло длинное кресло съ пюпитромъ и деревянными подсвѣчниками. Занавѣски на окнахъ блестѣли отъ свѣта морознаго дня.

— Вотъ видите, заговорилъ погромче Ковринъ: — какъ меня Прасковья-то Ермиловна помѣстила? Точно въ какомъ швейцарскомъ пансіонѣ. Чистотой даже доѣзжаетъ немножко. Каждую субботу — мытье оконъ. И занавѣски чистыя, разъ въ мѣсяцъ. За то живешь, какъ бывало, въ родительскомъ домѣ. Въ постелькѣ лежать чисто, мягко, два раза въ недѣлю бѣлье мѣняютъ. Садитесь, покурите. У меня классъ — въ три. Я минуткой переодѣнусь.

Ковринъ исчезъ за перегородкой, откуда вышелъ въ короткой курточкѣ изъ потертаго желтовато-коричневаго бархата.

Крупеникову сдѣлалось по себѣ. Да, хозяйка этой квартиры — толковая баба. Съ ней не пропадешь.

— Хорошо у васъ, сказалъ онъ вслухъ и вздохнулъ.— Даже завидно, Евстафій Петровичъ. Живешь въ номерахъ; въ комнатѣ темнота, копоть, въ углахъ сырость, въ занавѣскахъ пауки завелись. Ихъ и къ Свѣтлому празднику не перетряхаютъ. А вѣдь цѣна не маленькая: тридцать рублей плачу.

— Только субординація! И все это, голубчикъ, безобидно, материнской рукой... Новыхъ сколько вещей куплено изъ моихъ же денегъ. А на столѣ какъ аппетитно все выглядитъ; садись и работай!

Ковринъ указалъ на новый письменный столъ. Посрединѣ его лежала нотная бумага большого формата, какая употребляется для музыкальныхъ композицій. Изъ фарфороваго бокала смотрѣли нѣсколько карандашей и перьевъ.

— Превосходно работать! со вздохомъ выговорилъ Крупениковъ.

— Лѣнь раньше насъ родилась. Подтянуться-то трудно ужь очень. Да я надѣюсь постомъ засѣсть.

— По драматической?

— Можетъ быть... А пока надо тряхнуть стариной, за романсы приняться.

VII

Шумно влетѣло въ комнату что-то пестрое и яркое. Крупениковъ, стоявшій у печки, вправо отъ двери, даже подался въ сторону.

Коврину пожимала руку и покачивалась на мѣстѣ полная, краснощекая, рослая дѣвушка. Ея огромные, темные глаза смѣялись и сыпали искры. Роскошная грудь высоко подымалась. Она, вѣроятно, только-что бѣгала по комнатѣ. Ротъ она широко раскрыла, бѣлые крупные зубы блистали на солнечномъ свѣтѣ. Въ ротъ засовывала она бутербродъ толстенькими пальчиками свободной лѣвой руки. Ея красныя, пухлыя, немного выпяченныя наружу губы такъ и забирали куски. Она ихъ облизывала языкомъ, скоро и весело. Голова ея, сжатая туго закрученной косой, сидѣла на могучихъ плечахъ немного въ бокъ. Волосы на темени и на вискахъ лоснились и отливали. Широкій бюстъ еле держался въ узкомъ, свѣтлоклѣтчатомъ казакѣ съ металлическими пуговицами, надѣтомъ по верхъ пестрой юпки другого цвѣта.

— Ого-го! загототала она низкимъ голосомъ, почти баритономъ, когда проглотила послѣдній кусокъ, продолжая трясти руку Коврина. — Куда это вы изволили запропаститься, а?

Ковринъ поглядѣлъ на Крупеникова, точно хотѣлъ ему сказать глазами:

"Каковъ голосокъ-то у дѣвицы?"

— Дайте лучше васъ познакомить съ симпатичнымъ артистомъ. Крупениковъ, теноръ... Ирина Степановна Веселкина, будущая наша примадонна-контральто.

— Послѣ дождичка въ четверкъ! расхохоталась дѣвушка. — Что за церемоніи такія? Это артистъ — ну, и довольно. Давайте лапку. Я — просто Ариша Веселкина. Голосъ есть, да ужь больно неудобенъ. Нынче, говорятъ, и оперъ совсѣмъ не пишутъ для такихъ тромбоновъ. Ахъ, милушка, Евстафій Петровичъ, соблаговолите, Христа-ради, папиросочки затянуться; свои-то забыла. Ни у кого нѣтъ, да и настоятельница наша запрещаетъ.

15

Ариша сгримасничала, вытянула лицо и роть скруглила колечкомъ, стала въ позу и высокимъ голоскомъ проговорила:

— Дѣвицы, я вамъ рекомендую не курить. Эта привычка вредна для артистокъ. Вы меня огорчите.

Ковринъ разсмѣялся, Крупениковъ тоже. Ариша оглянулась, какъ школьница, на дверь и сказала своимъ жирнымъ баскомъ, скороговоркой:

— Сладости у насъ непомѣрной мать настоятельница; а стелеть жестко! Воть и Евстафій Петровичъ у ней въ струнѣ ходитъ...

— Это вѣрно, откликнулся вполголоса Ковринъ и также оглянулся на дверь. — Что Прасковья Ермиловна въ классѣ?

— У себя. О васъ справлялась. Мнѣ замѣчаніе изволили сдѣлать, что мало солфеджій пою.

— И это вѣрно.

— Да я бы васъ всѣхъ выгнала, еслибы въ трубу-то мою затрубила какъ слѣдуетъ.

И, повернувшись на каблукѣ своей крупной, но красивой ноги, въ башмакахъ съ переплетомъ, она пустила вполголоса:

> Мнѣ твердили, напѣвая:
> Полюби — мутовка!
> У мужчинъ, у всѣхъ така-ая
> Скверная сноровка!

— Срамъ! крикнулъ Ковринъ, — Цыганщина!

— А то что-жь? Я — цыганка по всему. Это вы меня только съ Скакунихой въ Альбони прочите. Ну, не сердитесь, Ковринька, не буду. Что-жь мнѣ дѣлать, коли изъ меня прётъ? Разный вздоръ хочется пѣть и болтать. Вы, повернулась она къ Крупеникову: — васъ какъ звать по имени, отчеству?

— Антонъ Сергѣевъ.

— Вы вѣдь въ оперѣ служите? Я помню, видѣла васъ въ чемъ-то, воть и забыла въ чемъ...

— Не мудрено-съ, отвѣтилъ Крупениковъ и сильно покраснѣлъ: — вѣстникомъ какимъ-нибудь или гишпанцемъ безъ рѣчей.

16

— Гишпанцемъ! И то, кажется, такъ, въ Гугенотахъ. Да?

— Въ Гугенотахъ я, точно, занятъ — кавалера изображаю.

— Дайте срокъ, вмѣшался Ковринъ и потрепалъ по плечу тенора.— Вы должны выдвинуться, не нынче-завтра. Вотъ съ Ириной-то Степановной создадите два характерные типа въ бытовой музыкальной драмѣ!

— Буки-ум-бу! загрохотала Ариша.— Однако, настоятельница-то хватится. Моя очередь сейчасъ; навѣрно приплыветъ. Прощайте!

Она комически присѣла.

— Вотъ что, голубушка, остановилъ ее Ковринъ.— Спросите-ка Прасковью Ермиловну, можетъ ли она насъ принять передъ моимъ урокомъ у себя?

— Я бою-юсь, сошкольничала Ариша.

— Ну, полноте. Она вѣдь въ васъ души не чаетъ!

— Знаемъ мы! А за ангажементъ и сдеретъ процентъ! Или по за-граничному, контрактъ заставитъ подписать: столько-то, молъ, изъ жалованья, каждый годъ, въ теченіи десяти лѣтъ.

— Грѣхъ вамъ! Грѣхъ вамъ! заговорилъ піанистъ.— Совсѣмъ она не такая! Вы, Антонъ Сергѣичъ, не вѣрьте!

Крупениковъ только поёжился и усмѣхнулся.

— Такъ скажете? спросилъ Ковринъ.

— Для васъ, душа моя, въ огонь и въ воду! пробасила Ариша и выбѣжала изъ комнаты.

VIII

— Лихая особа, выговорилъ Ковринъ, подходя къ гостю.— Лѣнива только. Хохлушка родомъ. Голосомъ, дѣйствительно, Альбони можетъ выйти. Для такихъ натуръ новая музыка нужна, своя, залихватская, колоритная. Вотъ вѣдь и у васъ въ голосѣ и манерѣ есть что-то особенное. Не въ Гаулѣ вы будете хороши, а въ какомъ-нибудь парнѣ бытовой, лирической драмы.

— Я и самъ такъ понимаю-съ, Евстафій Петровичъ, да гдѣ же показать-то себя?

17

Крупениковъ отвѣтилъ съ чуть замѣтнымъ дрожаніемъ въ голосѣ. Онъ не могъ сдержать этой дрожи, какъ только рѣчь заходила объ его артистической судьбѣ. И голову нагибалъ онъ немного въ бокъ, и весь гнулся.

— Вы только не вѣрьте болтушкѣ, продолжалъ Коврин, похаживая около рояля. — Она Прасковью Ермиловну настоятельницей зоветъ... Суровости въ ней никакой нѣтъ. Вы сами сейчасъ увидите. Она вся крупичатая: изъ Москвы родомъ.

— Изъ Москвы-съ? радостно спросилъ Крупениковъ.

— Да, настоящая московка: и языкъ прекрасный, мягкость звуковъ — такъ здѣсь не умѣютъ говорить. Я хоть и въ Петербургѣ выросъ, а здѣшнее произношеніе ненавижу.

— Это точно, оживился Крупениковъ: — въ Александрійскій театръ зайдешь, ровно иностранцы какіе. На мѣсто "любофь" здѣшнія актрисы "любовъ" выговариваютъ... А "крофь" у нихъ "кровъ" выходить. И мнѣ претило не разъ.

— Да, да! Чиновничество всѣхъ заѣло. Вамъ, голубчикъ, будетъ очень по себѣ съ нашей настоятельницей — я это впередъ вижу. И не способна она бездушно выжимать сокъ изъ своихъ ученицъ. Эта хохотуша такъ, зря сболтнула.

Добрый музыкантъ поторопился успокоить тенора, замѣтивъ, что тотъ внутренно волнуется.

— Да это что же за бѣда-съ? возразилъ Крупениковъ и тоже заходилъ по комнатѣ. — Вотъ въ Италіи такіе есть агенты... Они и дерутъ съ васъ, да все-таки васъ на линію выведутъ. Бери съ меня процентъ, да давай мнѣ ходъ, возможность чтобы была показать себя. А здѣсь одна казенная привилегія! Куда вы дѣнетесь? Въ провинцію? Всего-то три оперные театра: Харьковъ, Кіевъ, Казань, да и обчелся. Опять же антрепренеръ сейчасъ говоритъ: я долженъ васъ слышать, а то какъ же я вамъ хорошее жалованье назначу? По крайности, еслибы вы хоть изъ консерваторіи вышли. У васъ диплома не имѣется. Васъ начальство учебное отрекомендовать не можетъ.

Глаза Крупеникова стали больше и забѣгали. Голосъ дѣлался выше и рѣзче. И руками онъ сильно разводилъ.

— А вы не изъ консерваторіи? просто и вскользь сказалъ Ковринъ.

— Никакъ нѣтъ-съ, рѣзко крикнулъ Крупениковъ и сталъ посрединѣ комнаты, весь красный. — И что въ этомъ за бѣда-съ? Мы знаемъ тоже, какихъ гусей съ дипломами-то выпускаютъ! Выдетъ, воздуху наберетъ — куакъ! Хвать, и взялъ полутономъ выше, да и звука-то никакого нѣтъ! А мы, быть можетъ, учились-то и не у такихъ профессоровъ... И денегъ-то собственныхъ не одну тысячу положили. И никакихъ мы отъ казны или отъ покровителей субсидіевъ не получали!..

— Конечно, конечно, успокоилъ его Ковринъ, подошелъ и положилъ ему руку на плечо. — Все это, душа моя, отлично пойметъ Прасковья Ермиловна. Чуткая баба, выговорилъ онъ потише: — сами увидите.

Въ дверь постучали. Они оба подняли голову.

— Войдите! крикнулъ Ковринъ.

Вошла горничная.

— Евстафій Петровичъ, проговорила она молодымъ, пѣвучимъ голосомъ: — Прасковья Ермиловна приказали сказать вамъ, что они васъ ждутъ у себя-съ, и ихъ — она указала головой на Крупеникова — приказали просить.

— Сейчасъ! возбужденно откликнулся піанистъ.

— Ну, отправимся, голубчикъ. Я вотъ только волосы маленько оправлю.

Ковринъ пошелъ за перегородку. Крупениковъ бросилъ папиросу въ пепельницу и обдернулъ свой сѣрый лѣтній пиджакъ.

— Евстафій Петровичъ! почти шепотомъ обозвалъ онъ.

— Что прикажете?

— Вѣдь вотъ исторія то-съ... Я совсѣмъ и забылъ. Прилично-ли будетъ въ первый разъ къ почтенной дамѣ и въ такомъ затрапезномъ одѣяніи? Прямо изъ трактира?

— Это вы насчетъ своего платья?

— Да-съ.

— Помилуйте. Да вы франтомъ.

— Лѣтняя пара. Опять же пиджакъ...

— Вы видите, я въ домашнемъ сюртучкѣ иду.

— Вы — совсѣмъ другое дѣло...

— Прасковья Ермиловна — свой человѣкъ, товарищъ, лишнихъ церемоній не любитъ. Эхъ, батюшка, какъ васъ Ариша-то напугала!

— Позвольте хоть гребеночку, поправить волосы.

— Сколько угодно. Пожалуйте сюда.

За перегородкой теноръ оглядѣлся въ зеркало, расчесалъ бородку, хватилъ голову щеткой и весь отряхнулся. Онъ все еще сильно волновался. Но ему было вообще пріятно. Все видѣнное здѣсь освѣжило его отъ трактирной компаніи Бурцевыхъ и Мухояровыхъ.

Піанистъ взялъ его за руку и повелъ. Крупениковъ почуялъ запахъ туалетнаго уксуса, которымъ обмылся Ковринъ: не за тѣмъ-ли, чтобы истребить запахъ трактирнаго завтрака?

IX

Прасковья Ермиловна Скакунова встрѣтила ихъ около дверей не гостиной, а своей особой большой комнаты, съ перегородкой. Первая половина отдѣлана была кабинетомъ, вторая служила ей спальней и будуаромъ. Прежде всего, Крупеникова обдалъ запахъ одеколона и еще какихъ-то духовъ. Дышалось легко и пріятно въ этой комнатѣ. Пестрый веселый кретонъ на мебели, гардинахъ и портьерахъ, растенія въ пестрыхъ горшкахъ, блескъ отъ трюмо охватили его переливомъ красокъ. Онъ даже закрылъ глаза на нѣсколько минутъ, слушая, какъ музыкантъ представляетъ его.

Первый его взглядъ упалъ на бѣлокурую голову полной, почти толстой женщины. Свѣтлые волосы на лбу были наложены завитушками, коса изъ своихъ волосъ поднималась выше темени, лицо улыбалось — широкое и мясистое, съ ямочками на щекахъ. Брови почти сливались съ кожей. Въ сѣрыхъ глазахъ сохранилась игра. Губы поблекли, но передніе зубы бѣлѣлись. Полную шею сдавливалъ отложной, тугой, лоснящійся воротничекъ. Свѣтло-сѣрое франтоватое платье съ короткой пелериной скрадывало толщину охвата таліи. Грудь, сдавленная въ тѣсномъ корсетѣ, такъ и выдвигалась впередъ.

"Да она — ужъ старуха!" хотѣлъ сказать про себя теноръ; и тотчасъ же поправился: "добрѣйшей, должно быть, души".

— Очень, очень рада, протянула Скакунова высокой грудной нотой.

Въ этомъ звукѣ Крупениковъ сейчасъ же почуялъ московскую уроженку. Онъ пожалъ руку, бѣлую, пухлую, съ пальцами-огурчиками и съ ямочкой надъ каждымъ нижнимъ суставомъ. Рука была аппетитна.

"Право, она еще ничего, добавилъ онъ мысленно: — однако, годовъ ей, навѣрно, за сорокъ; а то и за сорокъ пять".

— Присядьте, присядьте, приглашала хозяйка ласковымъ и ободряющимъ тономъ. — Я о васъ слышала... Какже!.. Какже!.. Вотъ это хорошо, Стасенька, обернулась она къ Коврину: — что ты привелъ ихъ ко мнѣ. Не хотите ли папироску? Я сама не курю и ученицамъ не позволяю, а мужчинамъ нельзя нынче одной минуты пробыть безъ куренья.

Крупеникову стало менѣе не ловко. Онъ присѣлъ на кресло, рядомъ съ хозяйкой, помѣстившейся на диванчикѣ. Ковринъ заходилъ по комнатѣ.

— Вотъ, заговорилъ онъ: — я Антону Сергѣевичу указалъ на самаго настоящаго человѣка. Ему ходу не даютъ. Кто же лучше Прасковьи Ермиловны наставить на путь?

Скакунова усмѣхнулась и кивнула въ сторону Коврина, точно хотѣла сказать: "очень ужь росписываетъ".

— Я ему, продолжалъ разговорившійся Ковринъ: — про себя разсказалъ. Безъ субординаціи нашему брату невозможно.

Быстрые, хоть и ласковые, глаза Скакуновой оглядѣли музыканта. Его разгорѣвшіяся щеки показались ей подозрительными.

— Стасенька, вы это гдѣ же изволили встрѣтиться съ ними?

Она спросила это полушутливо, материнскимъ тономъ.

Ковринъ скорыми шагами подошелъ къ Скакуновой и взялъ ее за руку.

— Голубушка! я, значитъ, въ подозрѣніи? За что?

— Гдѣ же повстрѣчались-то? повторила она и прищурила одинъ глазъ.

— Въ трактирномъ заведеніи, скрывать не хочу. Но какъ я себя тамъ велъ — вотъ что нужно изслѣдовать. Рюмка водки...

— Однако...

— Всего одна! И бутылка пива.

— А дома-то развѣ не было завтрака? Шатунъ!..

— Точно, и дома можно было поѣсть, и полтора цѣлковыхъ остались бы въ карманѣ. Но вы не извольте на меня ворчать. Это былъ, въ нѣкоторомъ родѣ, искусъ...

— Устоялъ?..

Скакунова разсмѣялась, но сейчасъ же съ другимъ выраженіемъ оглянула и Коврина, и Крупеникова.

— Я ему про себя разсказывалъ, указалъ Ковринъ на Крупеникова.— Съ этого и разговоръ по душѣ начался. Вотъ, молъ, живой примѣръ, какъ Прасковья Ермиловна людей направляетъ...

— Объ этомъ что же? остановила она піаниста.

Ея движеніе очень понравилось Крупеникову.

— Какіе же тутъ секреты?! Онъ — нашъ братъ артистъ. Я прямо его спросилъ: не имѣетъ ли страсти?

— Въ родѣ Стасеньки? пошутила Скакунова.

— Именно! Не имѣетъ. Тѣмъ лучше.

Въ корридорѣ раздался звонокъ.

— Пора въ классъ, сказала Скакунова Коврину.— Ныньче надо подольше посидѣть, ты знаешь...

— Да, да! заторопился Ковринъ.

— А, поди, не подготовился къ лекціи-то?

— Готовился. Только захватить упражненія.

— Ну, и съ Богомъ.

Все это она говорила мягко, точно старшая сестра или мать. Тонъ ея продолжалъ нравиться Крупеникову.

— Позвольте и мнѣ удалиться, началъ-было онъ и привсталъ.

— Нѣтъ, нѣтъ, куда вы? Вѣдь у меня класса нѣтъ! Его надо протурить, а то разболтается и объ урокѣ забудетъ. Ну, Стасенька, извольте-ка отправляться!

— Иду, иду! крикнулъКовринъ, пожалъ руку тенору и пошелъ къ двери. Отворивъ ее, онъ остановился, закинулъ волосы за правый високъ и окликнулъ:

— Прасковья Ермиловна!

— Что, милый другъ?

— Главное — подбодрите нашего пѣвца и тряхните всѣмъ вашимъ знакомствомъ... И насчетъ начальства.

— Знаю, знаю. Никакъ его не выгонишь. Вотъ, другой разъ, штрафъ буду брать. А дѣвицы-то теперь, поди, въ форточку курятъ. Потомъ у всѣхъ горло заложитъ. Идите, Стасенька!

Ковринъ еще разъ кивнулъ Крупеникову и захлопнулъ за собою дверь.

— Право, мнѣ совѣстно, началъ-было опять раскланиваться Крупениковъ.

— Ахъ, вы какой... Да бросьте вы вашу шапку. Мнѣ самой время дорого... Я бы вамъ сказала. А теперь вотъ съ полчасика самыхъ удобныхъ. Да что же вы не курите?

Все это было сказано такъ ласково и просто, что Крупениковъ совсѣмъ оттаялъ. Онъ отложилъ свою шапку, взялъ папиросу, закурилъ и, точно про себя, выговорилъ вслухъ:

— Право! Очень ужь вы ко мнѣ добры!

X

Не такою ожидалъ онъ найдти эту "бабу-дѣльца" послѣ поясненій Коврина въ трактирѣ и у него въ комнатѣ, послѣ того какъ балагурила Ариша Веселкина. Передъ нимъ, дѣйствительно, добрѣйшей души дама, съ благородными манерами, мягкая, отлично все понимающая. Сейчасъ же что-то пролилось ему въ сердце теплое, такое, чего онъ съ дѣтства не испытывалъ. Онъ даже вспомнилъ, что вѣдь онъ давно — круглый сирота. Точно онъ мальчикомъ пришелъ провести воскресенье къ тетенькѣ, балующей его. Всю недѣлю обращались съ нимъ грубо товарищи и надзиратели, а тетенька приголубитъ, вареньица дастъ, въ головку поцѣлуетъ, назоветъ

Антошей. Одна такая тетка была у него, и у ней въ комнатѣ также пахло. Все говорило о присутствіи ласки мягкой, пухлой женщины — старше тебя, опытнѣе, но за то снисходительной и податливой на всякую ласку.

Ему уже совершенно ловко. Вотъ она присаживается и говоритъ такъ родственно:

— Вы меня не дичитесь, голубчикъ. Ковринъ, по слабости своей, много, пожалуй, тутъ и лишняго наговорилъ. Я рада, что могла его опять... какъ вамъ это сказать... ну, да онъ самъ объ этомъ объявилъ, такъ и я попросту скажу... вытрезвить. А васъ вѣдь не надо вытрезвлять? Вы, я вижу, обижены. Это — хуже всего. У насъ вездѣ взятки, да кумовство. Я и сама чрезъ это все проходила. И я была въ загонѣ. Теперь меня, точно, уважаютъ, а почему? — потому что я ни въ комъ не нуждаюсь. Сама знала и нужду, и обиду — поэтому, когда въ другихъ вижу божью искру — поддержу.

Онъ слушалъ, низко наклонилъ голову и сдерживалъ дыханіе. Слезы уже подступили къ глазамъ. Ему стыдно было взглянуть на нее.

— А голосъ ватъ, признаться, забыла. Стасенька-то мой уноситься очень любитъ. Вкусъ у него богатый; но много и зря говоритъ.

И эти слова тронули Крупеникова. Другая бы не стала такъ искренно говорить. Не хочетъ лгать и отвертываться пустыми словами. Ужасно захотѣлось ему пропѣть ей что-нибудь сейчасъ же. Въ груди у него столько скопилось чувства: еще немного, и онъ разрыдается.

Все еще не поднимая головы, онъ поглядѣлъ вбокъ. Онъ только теперь разглядѣлъ низковатое пьянино, приставленное къ перегородкѣ и рядомъ бѣлую этажерку для нотъ.

— Вы не знаете... моего голоса, съ трудомъ выговорилъ онъ: — позвольте мнѣ...

Онъ быстро всталъ и подошелъ къ пьянино.

— Да зачѣмъ же? остановила-было она его. — Въ другой разъ...

Онъ уже сидѣлъ на табуретѣ.

— Сидя-то пѣть неудобно. Не хотите ли я вамъ съакомпанирую? Можетъ, и наизусть знаете?

— Я изъ Русалки.

— Чудесно! Сейчасъ найду. Арію князя?

Не спѣша, нашла она зеленую переплетенную тетрадь и положила ее на пюпитръ. Онъ сталъ сзади. Пока она брала вступительные аккорды, онъ оправился отъ своего волненія.

— Начинайте, сказала она вполголоса и обернула голову.

Онъ запѣлъ:

"Невольно къ этимъ грустнымъ берегамъ
"Меня влечетъ таинственная сила!.."

Комната была большая. Голосъ его разлился по ней звонко и мягко, сначала съ дрожью, потомъ согрѣлся и мелодія потекла все задушевнѣе и теплѣе.

Фразу:

"Здѣсь нѣкогда меня встрѣчала
"Свободнаго свободная любовь!"

Крупениковъ произнесъ характерно и красиво.

— Славно! вполголоса вскричала Скакунова.

Когда арія дошла до конца, она встала, протянула ему обѣ руки и тронутымъ голосомъ сказала:

— Вы талантливы, голубчикъ; души — пропасть, и голосъ славный, сильный...

Ея щеки зарозовѣли. И глазами она его приласкала.

Крупеникову опять захотѣлось плакать. Онъ поцѣловалъ одну изъ протянутыхъ рукъ и почувствовалъ, какъ губы Прасковьи Ермиловны прикоснулись къ его волосамъ. Такъ ему тепло и сердечно! Какъ было бы хорошо, еслибы она взяла его въ сыновья. Къ такой добрѣйшей душѣ сладко прильнуть. Съ ней все, что есть въ тебѣ хорошаго, какъ въ артистѣ, оживетъ, распустится...

Держа его за руку, она сѣла съ нимъ рядомъ на диванчикъ и стала говорить еще мягче и задушевнѣе. Обо всемъ распросила, все узнала. Сейчасъ же и про себя объявила, что она — московка, и такъ же, какъ и онъ, купеческаго рода, по матери. Шестьсотъ рублей получаетъ артистъ съ такимъ голосомъ, на все про все! Какъ тутъ жить молодому человѣку въ полной силѣ, да еще такому, что свои деньги имѣлъ, заграницей учился, по золотому профессорамъ плачивалъ? Она ему дастъ, коли онъ желаетъ, репетиторское мѣсто, по классу пѣнія. И завтра, а то и сегодня она поѣдетъ хлопотать. Она знаетъ, къ кому обратиться. Композиторы, критики у ней есть на примѣтѣ. Дождаться только хорошаго случая, потерпѣть, а въ дрянныхъ ролькахъ не показываться. А не выгоритъ, антрепренеры у ней же въ рукѣ. Ея рекомендація что-нибудь да значитъ. Дотянуть до конца сезона, а на лѣто — въ провинцію. Постомъ, въ концертахъ умѣючи заявить себя передъ публикой. И объ этомъ она постарается.

— Вы лучше родной матери! съ трудомъ выговорилъ Крупениковъ.

Онъ слышалъ, какъ въ голосѣ ея зазвучали самыя теплыя ноты. Ему не стыдно было благодарить ее. Никакой гордости и обиды не чувствовалъ онъ отъ этого покровительства. Раза два еще прижался онъ къ ея рукѣ.

Прасковья Ермиловна, совершенно ужь какъ мать, обняла его подъ конецъ.

— Это не спроста Стасенька привелъ васъ, сказала она ему, подводя къ двери:— вижу, еще денекъ, другой — и отчаянность на васъ напала бы. И кончено. Врагъ-то силенъ, выговорила она съ улыбкой и вздохомъ доброй няни.

Крупениковъ радъ былъ отдаться въ руки этой няни. Онъ зналъ, что слабости въ немъ много. Того и гляди, сгинешь въ компаніи Бурцевыхъ. А въ ней сквозь теплоту и ласку видна твердость. Только прильни и не криви душой.

XI

По уходѣ молодого тенора, Прасковья Ермиловна долго оставалась въ особомъ настроеніи. Все у ней внутри всколыхнулось. Благородныя чувства прилили къ ея сердцу, желаніе защитить, наставить, а главное — пригрѣть и обласкать. Она и вообще не считала еще себя старухой, но тутъ у ней слетѣло съ плечъ цѣлыхъ пятнадцать лѣтъ.

Много она любила. Мужчины легли на ея плечи тяжелой ношей. Съ давней поры, лѣтъ чуть не тридцать тому назадъ, она должна была денно и нощно бороться съ своимъ сердцемъ. Кажется, чего лучше, какъ прожить безъ этихъ мужчинъ? Что въ нихъ привлекательнаго? Грубы, пьютъ, курятъ, грязны, говорятъ сальности, способны проиграть все до рубашки, въ женщинѣ видятъ одно тѣло... Ни благодарности, ни душевнаго порыва, ни тонкой нѣжности, ни простой деликатности съ любящей женщиной... Настоящее звѣрье!

А не сохранишь своей свободы! Все тянетъ къ этому отродью. Знаешь всю ихъ негодность и очутишься шутя рабой или впутаешься въ глупую исторію, или закабалишь себя на много-много лѣтъ. Прикинется барашкомъ, глазами поводитъ, усики, голосъ прямо въ душу идетъ, бѣденъ, загнанъ, талантъ есть, а то такъ просто молодость, да жалобныя слова говоритъ — и не устоишь. И дура-дурой! Нельзя ошейника-то своего сбросить до тѣхъ поръ, пока не откупишься деньгами или не умретъ это сокровище!

Какую любовь свою не вспомнишь, вездѣ приходилось расплачиваться собственной кожей. Дѣвушкой ужь совсѣмъ глупо врѣзалась. Сколько лѣтъ тянулось вздыханье, поцѣлуи шли, по аллеямъ гуляли, на подъѣздахъ жданье, сувениры, истерики, слезы, а все кончилось тѣмъ же, чѣмъ и въ другихъ случаяхъ, когда дѣло сразу идетъ на всѣхъ парахъ. Пришлось грѣхъ хоронить, комедію цѣлыми годами играть передъ добрыми людьми, за дѣвицу себя выдавать. Хорошо, что ребенокъ не жилъ. Было бы ему сладко, нечего сказать! А выходъ изъ этой десятилѣтней любви? Оказался онъ такимъ же "салдафономъ", какъ и сотни другихъ, законный бракъ сулилъ, а когда свѣжесть лица, да мягкость кожи не тѣ стали — преспокойно завелъ себѣ какую-то чухонку. И обижаться не смѣй! Хорошо еще, что изъ тебя денегъ не тянулъ, не ввелъ тебя въ болѣзнь и нищету. И за то Господа Бога благодари!

27

Чего: лучше здоровой, не старой женщинѣ, въ полномъ соку, съ житейской смёткой и находчивостью — жить, да обставлять себя получше и добро дѣлать отъ избытка? Какъ бы не такъ! Засасывать начинаетъ тоска. Или закрадется жалость къ первому попавшемуся замухрышкѣ. Дѣтей больше не родилось, а материнство-то не умерло въ душѣ. Съ кѣмъ нибудь надо возиться; нянька-то сидитъ во всемъ женскомъ естествѣ. И непремѣнно съ мужчиной. Брать на воспитаніе дѣвочку-сиротку — не хочется. Очень ужъ и съ ученицами много возни. Ну, и подвернется... Ниже травы, тише воды онъ, когда ему "цыпъ-цыпъ" дѣлаешь. Готовъ въ услуженіе поступить. Одѣнешь его, мѣсто выхлопочешь, человѣкомъ сдѣлаешь и въ мужья возьмешь. Самой хочется въ законѣ пожить. И его-то поднять, чтобы онъ права надъ тобой имѣлъ, чтобы очень-то не презиралъ самого себя: что вотъ, молъ, у бабы живетъ на хлѣбахъ. Опять каторга! Глупъ, тошный, брюзга, лѣнтяй, хуже всякаго лакея. Гдѣ глаза были, что такое въ головѣ залегло, затмѣніе что ли, когда его въ мужья брала? Какъ ни уходишь въ дѣло, какъ ни стараешься подавить свою горечь — невозможно. Тутъ прилѣпишься къ кому угодно, и чѣмъ онъ вороватѣе, тѣмъ скорѣе все случится. И года не берутъ, разумъ, опытность, знаніе этихъ развратниковъ, сластолюбцевъ и обманщиковъ. Тутъ ужъ ничто не беретъ. Отдаешься всѣмъ сердцемъ, чувство изъ тебя ключемъ бьетъ, ревешь отъ избытка нѣжности, ничего не замѣчаешь: ни своей дурости, ни того, что обходятъ тебя, какъ послѣднюю глупую бабу. Сколько примешь тяготы, денегъ, хлопотъ, стыда, пройдошества, чтобы отъ тошнаго мужа отдѣлаться. На силу откупишься, и что же? Мечтаешь о новомъ раѣ, какъ тотъ, желанный-то въ этотъ рай тебя введетъ, забудетъ, что ты его на десять лѣтъ старше, и станете вы ворковать. Анъ вмѣсто того:— срамъ, пьянство, карты, дебошъ, побои, полная мерзость. А подъ конецъ — издѣвательство, тебя же называютъ развратной бабой, нахально кричать, что только изъ-за денегъ и можно было съ тобой путаться!.. Господи!

И какъ еще достало здоровья, силъ, чтобы поддержать себя, не хлопнуться совсѣмъ въ грязь! Нѣтъ, глупа, глупа въ чувствахъ своихъ съ мужчинами, а въ остальномъ не тотъ

28

человѣкъ; боятся, уважаютъ, считаютъ даже колотовкой! Да и въ самомъ дѣлѣ, умѣетъ же справляться со своимъ заведеніемъ; всѣ знаютъ ее, всюду хорошій пріемъ и почетъ, до сихъ поръ считается артисткой. Съумѣла сбившагося въ конецъ Коврина оправить. И онъ ее боится, какъ огня; а она ни разу на него и не прикрикнула. Надѣется и совсѣмъ его вылечить и заставить работать: пускай композиторствомъ со свѣжими силами займется; можетъ, и цѣлую оперу напишетъ. На всю жизнь его облагодѣтельствовала. А отчего? Оттого, что нѣжности къ нему настоящей не почувствовала, той прежней, женской, что къ мужчинѣ влечетъ и глаза застилаетъ.

Вотъ и этотъ тенорокъ. Жалко его ужасно! Такой молодой, простой, безъ хитрости, изныаетъ отъ желанія выдвинуться впередъ. Такъ все въ немъ и трепещетъ! Нельзя его не приласкать. Тутъ любовнаго увлеченія быть не можетъ. Все равно, что съ Ковринымъ; только приголубить его хочется. Ему побольше двадцати пяти-шести лѣтъ. Шутка, на двадцать лѣтъ она его старше! Года возьмутъ свое — опасаться нечего. И усталость сказывается послѣ всѣхъ прежнихъ мученій. Надо съ этимъ покончить. Ужь матерью быть, такъ въ самомъ дѣлѣ матерью, пожалуй, и бабушкой. Такъ-то!..

XII

Въ тотъ же день, передъ самымъ обѣдомъ, Прасковья Ермиловна уѣхала со двора. Она попала къ сборному часу одного иностраннаго табльдота. Тамъ надо было прежде всего пощупать почву. Меблированныя комнаты содержалъ французъ, бывшій поваръ, женатый на обрусѣлой француженкѣ, бывшей опереточной пѣвицѣ. У нихъ квартируютъ всегда итальянцы; изъ русскихъ — тоже пѣвцы и пѣвицы, ищущіе мѣста; обѣдать ходятъ два театральные чиновника, одинъ покрупнѣе, другой мелкій, докторъ и еще два-три постоянные посѣтителя изъ меломановъ.

Хозяйку Прасковья Ермиловна нашла въ узкой комнатѣ, передъ столовой, за конторкой. Противъ двери въ столовую, у лѣвой стѣны, примостился небольшой столъ съ водкой и закуской. Обрусѣлая француженка молодилась. Ей на видъ, въ полусвѣтѣ комнаты, нельзя было дать больше тридцати, но Скакунова считала ее своей ровесницей. Мужемъ она помыкала, почти какъ лакеемъ. Онъ съ утра прикладывался къ красному вину и за обѣдомъ надоѣдалъ всѣмъ своей болтовней съ южнымъ акцентомъ. Всѣ гости потѣшались надъ нимъ, передразнивая, какъ онъ произноситъ "estation" вмѣсто "station" и "escorpion" вмѣсто "scorpion", говорили ему прямо въ глаза, что онъ вретъ, когда онъ разсказывалъ, въ сотый разъ, про свои похожденія на французскомъ военномъ корветѣ, во время кругосвѣтнаго плаванія, гдѣ онъ состоялъ корабельнымъ поваромъ. Господинъ Мусильякъ — такъ его звали — не обижался и продолжалъ трещать своимъ гасконскимъ языкомъ. Онъ самъ приправлялъ саладъ и присматривалъ на кухнѣ; кушанья подавались больше южныя — итальянскія и даже испанскія — съ перцемъ и чеснокомъ. Дѣла меблированныхъ комнатъ шли плоховато. Держались онѣ только тѣмъ, что госпожа Мусильякъ съумѣла привлечь когда-то одну особу, высокопоставленную въ театральномъ мірѣ. Съ тѣхъ поръ прошло болѣе шести лѣтъ, по, по преданію, она все еще считалась не безъ вліянія. Теперь каждый день обѣдало двое служащихъ. Про одного подъ шумокъ говорили, какъ про настоящаго хозяина табльдота. Онъ всегда садился рядомъ съ госпожой Мусильякъ, ему ставили особенное вино; иногда онъ привозилъ закуски или какого-нибудь ликёру, блюда начинали обносить съ него. Около него сидѣлъ всегда мелкій "чинушъ", какъ называла его Скакунова, но очень юркій, услужливый, большой сплетникъ. Отъ него можно узнать во-время всякую новость. Итальянцы и русскіе артисты мѣнялись по сезонамъ. Два тенора — одинъ испанецъ родомъ — жили каждую зиму. Часто ходилъ докторъ-шутникъ, молодой еще человѣкъ съ черной бородой, пускающій въ ходъ полуприличныя остроты. Онъ говорилъ по-французски смѣло, но до смѣшного плохо: этотъ языкъ преобладалъ за столомъ. Почти всегда проживала и ходила обѣдать какая-нибудь пѣвица, ожидающая дебютовъ. Съ нея брали втридорога за комнату, заманивали ее обѣщаніями, заставляли тратиться на уроки у итальянцевъ и къ концу сезона сплавляли.

Вся столовая — продолговатая комната въ два окна — обвѣшана сотнями фотографій разныхъ величинъ и во всевозможныхъ рамкахъ. Тутъ портреты всѣхъ пѣвцовъ, пѣвицъ, танцовщиковъ, танцовщицъ, актеровъ, актрисъ, знаменитостей оперетки и кафе-концертовъ. Многіе изъ иностранцевъ жили въ этихъ комнатахъ и дарили свои карточки и альбомные портреты съ надписями.

Столъ былъ накрытъ на двѣнадцать человѣкъ.

Элоиза Адольфовна Мусильякъ говорила съ Прасковьей Ермиловной всегда по-русски. Она прекрасно знала, что эта гостья пріѣзжала только по дѣлу. Иногда Скакунова оставалась и обѣдать. Сегодня ей хотѣлось пораспросить о чемъ слѣдуетъ у маленькаго чиновника.

— Егоровъ будетъ? освѣдомилась она вполголоса у хозяйки, присаживаясь къ конторкѣ.— Я вамъ, милочка, не мѣшаю?

— Будетъ непремѣнно, сказала дѣловымъ тономъ Мусильякъ.

— А здоровье Павла Михайловича?

"Павелъ Михайловичъ" было имя чиновника покрупнѣе, играющаго роль настоящаго хозяина за столомъ.

— Благодарю васъ, отвѣтила француженка, точно дама, благодарящая за своего мужа.

Первымъ пришелъ теноръ, испанецъ родомъ, толстенькій, низкорослый, съ подстриженной бородкой, очень смуглый.

— Готовъ? крикнулъ онъ умышленно ломанымъ языкомъ и подбѣжалъ къ слуховой трубѣ, проведенной въ кухню.— Двѣ порцій карандашъ! пустилъ онъ въ трубу.— Одна порцій патронташъ!..

Съ этого дурачества онъ начиналъ каждый день, и когда всѣ соберутся, повторялъ его еще разъ. Пришли еще два оперные пѣвца, два меломана, одинъ сѣдой, другой неопредѣленныхъ лѣтъ, явился и господинъ Мусильякъ, съ краснымъ, лоснящимся бритымъ лицомъ и рыжеватыми усами, въ потертой визиткѣ, отъ которой несло кухней. Пришла

31

большого роста, широкоплечая и съ широкимъ лицомъ блондинка въ красномъ трико-джерсеѣ и въ длинныхъ косахъ.

— Кто это? освѣдомилась Прасковья Ермиловна, все еще сидѣвшая около конторки.

— Полька одна, фамилія Левандовская.

— Дебютируетъ?

— Обѣщаютъ дебютъ...

— Какой голосъ?

— Контральто.

— Сильный?

— Очень... только мало училась.

Прасковья Ермиловна сейчасъ же подумала о своей Аришѣ. Она ее любила, хотя и была съ ней строже, чѣмъ съ другими. Вотъ примутъ такую польку — и будетъ мѣсто занято. А той еще добрый годъ, коли не два, надо учиться. Дѣвушка честная, даромъ что сорванцемъ смотритъ. У этакой же польки что есть завѣтнаго? На всякую сдѣлку пойдетъ, съ кѣмъ угодно: и съ первымъ пѣвцомъ, и съ капельмейстеромъ, и съ режисёромъ.

Лицо Прасковьи Ермиловны немного затуманилось.

Пришелъ докторъ, что-то сошкольничалъ, наливая себѣ водки, и близко-близко подошелъ къ пѣвицѣ. Госпожа Мусильякъ кончила свои счеты, встала, отряхнулась и заглянула въ столовую.

— Вы съ нами не останетесь? спросила она Прасковью Ермиловну.

— Нѣтъ, милочка, прикажите мнѣ поставить приборъ.

Прасковья Ермиловна разсудила, что надо остаться и отобѣдать.

XIII

Въ четверть седьмого всѣ были въ сборѣ. И оба чиновника пришли, и музыкантъ-итальянецъ съ женой-нѣмкой. Теноръ еще разъ крикнулъ въ слуховую трубу "порцій карандашъ!" — всѣ громко разсмѣялись. Господинъ Мусильякъ, на своемъ углу стола, приготовлялъ салатъ и затянулъ уже какую-то исторію изъ кругосвѣтнаго плаванія.

Чиновнику покрупнѣе, Павлу Михайловичу, Прасковья Ермиловна успѣла что-то шепнуть. Хозяйка посадила ее по лѣвую руку отъ него, а рядомъ съ ней, лѣвѣе, маленькаго чиновника. Съ тѣмъ они весь обѣдъ говорили вполголоса по-русски, подъ шумъ и трескъ разговоровъ, гдѣ французскіе и итальянскіе возгласы и фразы пересыпались.

Въ передышку, между блюдами, Прасковья Ермиловна оглядывала общество. Всѣ эти мужчины уже на дорогѣ, каждому есть ходъ: и пѣвцамъ, и музыкантамъ, и доктору. Оттого они такъ и гогочутъ. Что вонъ въ томъ теноришкѣ есть путнаго? Двѣ ноты, да и тѣ головныя. А поди, тысячъ пятнадцать въ сезонъ получаетъ?! Заплатилъ агенту, когда еще съ голосомъ былъ, а потомъ и пошелъ по всѣмъ столицамъ. И каждый годъ дороже дѣлается, пока совсѣмъ не осипнетъ.

Горькое чувство не въ первый разъ поднимается въ Прасковьѣ Ермиловнѣ, когда она думаетъ о томъ, какъ итальянцевъ и всякихъ заѣзжихъ артистовъ ублажаютъ у насъ, въ ущербъ своимъ талантамъ. Она — патріотка. Удивительно, какъ еще она сама могла пробиться, обезпечить себѣ кусокъ хлѣба на старость лѣтъ? А каково бѣдному молодому человѣку, вотъ хоть бы такому Крупеникову? Даже глаза ея стали влажны.

Къ концу обѣда она наклонилась къ своему сосѣду справа и сказала ему вполголоса:

— Такъ вы, пожалуйста, голубчикъ, Павелъ Михайлычъ... Надо же дать жить человѣку. Голосъ — масло!

Павелъ Михайлычъ что-то промычалъ.

— Безъ обмана? спросила Прасковья Ермиловна.

— Безъ обмана, повторилъ онъ.

Мелкій чиновничекъ все что-то ей нашептывалъ во время пирожнаго и кофею. Она улыбалась, прихлебывая изъ чашки.

— Ужь я на васъ, Митенька, надѣюсь, говорила она покровительственно.

— Такъ и будемъ дѣйствовать, кума.

Онъ называлъ ее "кума" не въ шутку. Скакунова крестила у него дѣвочку. Этоть Егоровъ сдѣлаеть непремѣнно, о чемъ она его просить. А съ нимъ каждый пріятель, всѣмъ онъ можеть услужить по своей должности. Онъ же сообщилъ ей, чего слѣдуеть добиваться на первыхъ порахъ. Есть двѣ-три небольшія партіи, гдѣ Крупеникову выгодно появиться. Это устроить не трудно. Онъ и самъ бы этого добился, да не умѣеть.

Прасковья Ермиловна узнала туть, что "тенорокъ" — такъ называлъ Крупеникова чиновничекъ — очень ужь "амбиціозенъ", и дикость въ немъ есть, простоватость какая-то; ни къ кому онъ какъ слѣдуеть не обратится, не выждеть подходящей минуты. Такіе отзывы еще больше растрогали Прасковью Ермиловну. Что-жь такое, что онъ не умѣеть ничего добиться? Значить, у него душа чистая, гордая; значить, онъ не способенъ ни нодличать, ни унижаться. Но особенно защищать она его не стала: передъ чиновникомъ назвала только "прекрасной души юношей".

Изъ-за стола поднялась она въ возбужденномъ настроеніи, еще разъ пошепталась съ Павломъ Михайлычемъ и отвела хозяйку въ уголъ. Съ ней она умѣла ладить. Безъ подарочка туть не обойдется.

Домой она не поѣхала, а пошла пѣшкомъ. Стоялъ свѣтлый, сухой, морозный вечеръ. Пріятны ей были ея хлопоты. Не для себя она пускала всѣ эти пружины. Просто, доброе дѣло дѣлала, и не сухое, формальное, а душевное. Идеть она въ шубѣ, а ей легко, не чувствуеть своей толщины и нога правая не ноеть въ томъ мѣстѣ, гдѣ у ней когда-то вывихъ былъ. Много ли ей это стоило? Часа два потеряла, да за обѣдъ съ полбутылкой вина два рубля двадцать, а сколько отрады получила!

На Невскомъ, противъ памятника Екатерины, съ Прасковьей Ермиловной столкнулся, носъ къ носу, мужчина въ енотовой шубѣ, безъ капюшона, съ сѣдой бородой.

— А, Купоросовъ! узнала она его:— куда шагаете?

Это былъ пріятель, музыкальный критикъ. И какъ удачно вышло, что онъ именно теперь встрѣтился, когда она продолжала обдумывать устройство артистической судьбы своего новаго любимца.

Купоросовъ, очень близорукій, не сразу призналъ ее и тотчасъ же началъ что-то бурлить о новой оперѣ, шедшей въ Маріинскомъ театрѣ. Послышались бранные возгласы. Слова "ерунда", "мерзость", "навозъ" и другія выраженія, въ такомъ же родѣ, сыпались, какъ горохъ.

Прасковьѣ Ермиловнѣ удалось, однако, остановить его и перевести разговоръ на молодого тенора съ отличнымъ голосомъ, съ русскимъ розмахомъ, задушевнымъ, оригинальнымъ тономъ. Надо его поддержать. Купоросовъ пожелалъ прослушать его, и если онъ окажется "безъ итальянщины", дать ему нѣсколько совѣтовъ. Слышно, что композиторъ Симбирскій пріѣзжаетъ изъ Москвы ставить оперу. Навѣрно, въ ней не мало будеть "навоза", но кое-что ему удастся. Онъ поговоритъ Симбирскому объ этомъ Крупениковѣ, если у него окажется хорошій "пошибъ" голоса.

Прасковья Ермиловна держала критика за рукавъ и приговаривала:

— Ужь вы не умничайте, голубчикъ... Русскую школу я и сама люблю, да голосъ-то прежде всего надобенъ...

— И кастраты пѣли! перебилъ Купоросовъ.

— Говорю я вамъ: паренекъ чудесный. Вотъ ваша-то компанія все мечтаетъ выпустить на сцену своего героя въ бытовомъ вкусѣ, и чтобы колоритъ былъ. Лучше не найдете. На той недѣлѣ пришли бы ко мнѣ и Всеславцева бы привели.

— Онъ заперся; Богу молится...

— Такъ этого еще... ну, вы знаете кого. Стасеньку Коврина аккомпанировать заставимъ. Спасибо скажете.

Купоросовъ куда-то торопился, но обѣщалъ пріѣхать прослушать тенора.

XIV

Другимъ воздухомъ повѣяло на Крупеникова. И у себя, въ пыльномъ номерѣ, и на улицѣ, и за кулисами, и въ трактирѣ, вездѣ онъ иначе себя чувствуетъ. Походка измѣнилась, нѣтъ уже унылой усмѣшки съ выраженіемъ обиды. Онъ началъ весело ждать.

Режиссёръ два раза ласково говорилъ съ нимъ. Вліятельный конторскій чиновникъ подошелъ разъ и спрашивалъ: какъ онъ доволенъ своимъ положеніемъ? На одной недѣлѣ два раза ставили на афишу. Разумѣется, выдвинуться въ ансамблѣ нельзя; но пѣть въ хорошемъ финалѣ все-таки выгоднѣе, чѣмъ протянуть одинъ какой-нибудь речитативъ. Слышали его критикъ Купоросовъ и еще два музыканта у Прасковьи Ермиловны и очень одобряли. Онъ имъ пришелся по душѣ.

— Намъ такого нужно! кричалъ критикъ.

Началъ онъ и свои занятія въ классахъ Скакуновой, репетируетъ по классу пѣнія. Это ему особенно весело; самъ-то онъ мало учился, а все-таки на себя иначе смотришь. Все-таки преподаватель. Прасковья Ермиловна съ каждымъ днемъ все добрѣе. Не говоритъ ничего про то, что за него хлопочетъ, да онъ видитъ же, откуда это идетъ. Отъ другого человѣка, даже отъ пріятеля, не то, что ужъ отъ женщины, онъ не принялъ бы, амбиція бы не позволила. А тутъ — ничего.

Даже радостно ему. Онъ увѣровалъ сразу въ то, что это — женщина особенная, послана ему не даромъ, за его "сиротство" и "незадачу", въ награду за благородство его помысловъ и въ охрану на всю жизнь. Никто не оцѣнилъ его такъ по первому разговору. Не одинъ голосъ замѣтила она, а душу всего человѣка поняла. Всю свою материнскую теплоту вылила, не торгуясь, безъ всякихъ корыстныхъ разсчетовъ. Развѣ бы такъ она вела себя, еслибы имѣла на него виды, какъ на молодого, пріятнаго лицомъ мужчину? Не умѣетъ онъ, что ли, разобрать, что въ женщинѣ дѣйствуетъ, какая пружина? Скорѣе ему самому трудно бываетъ сдерживать себя: такъ бы и припалъ къ ней.

Заѣхала она къ нему посмотрѣть, какъ онъ живетъ. Сейчасъ же все устроила, отыскала отличныя двѣ меблированныя комнаты поближе къ ея классамъ и перевезла. Оставшись съ глазу на глазъ въ номерѣ, такъ ли бы она повела себя, коли бы у ней иное было на умѣ? Ни единаго взгляда, ни единаго слова, а только одна ласка, какъ съ сыномъ.

Въ новой квартирѣ у него свѣтло, воздухъ отличный, чистота, инструментъ за дешевую цѣну она же добыла. Предложила ему столоваться у ней: бѣреть двадцать рублей въ мѣсяцъ; даромъ не стала кормить, напрасно обижать человѣка; говорить: "изъ жалованья вычту", а жалованья платить шестьдесятъ рублей, больше чѣмъ въ театрѣ получаешь. И весь день совсѣмъ по другому пошелъ. Первымъ дѣломъ, никакого трактирнаго шатанья. Бурцевыхъ и Мухояровыхъ не видишь. За кулисами Мухояровъ, подъ хмѣлькомъ, началъ-было панибратствовать, такъ сейчасъ же ему и отпоръ былъ сдѣланъ... Часовъ-то свободныхъ оказалось вдвое больше. Утромъ часика два за фортепьяно посидишь, поучишься, голосъ провѣтришь, къ классу подготовишься. Позавтракаешь дома: такъ Прасковья Ермиловна уговаривалась съ хозяйкой. Отъ водки устраняешь себя. Нехорошо, коли пахнуть будетъ, хотя бы и малость, совѣстно передъ Прасковьей Ермиловной. И пріятно себѣ самому, что какъ будто страхъ начинаешь имѣть, точно въ дѣтствѣ, но не рабскій какой-нибудь страхъ, а въ умиленіе приходишь, когда подумаешь объ этомъ. Послѣ завтрака урокъ, черезъ день... Такъ тебя и тянетъ, и въ свободный день зайдешь. Всегда пріемъ тебѣ, точно первенцу любимому, сейчасъ кофей со сливками, разспросы, слухи по сценѣ; пропѣть заставить что-нибудь новое, совѣтъ всегда отличный дастъ, укажетъ, къ чему надо бы еще подготовиться, къ какой партіи, на всякій случай. Къ Коврину завернешь въ комнату. У него такимъ же манеромъ хорошіе разговору, человѣкъ добрѣйшій, простой, знаетъ много; теперь сочинять опять началъ — все подъ ея же наставленіемъ; прослушаетъ, замѣтить что-нибудь, лучше всякаго газетнаго критика.

За одно душевное довольство надо передъ ней на колѣняхъ стоять. Съ утра до поздней ночи ходишь, поднявъ голову, не ковыряешь себя, не ноешь, не ищешь трактирнаго пьянчужку, чтобы только выслушалъ, какъ ты судьбу свою клянешь. Достоинство чувствуешь въ себѣ не такъ, какъ прежде; безъ всякой фанаберіи, тихо и благородно. Что въ тебѣ есть, то и объявится. Коли талантъ въ тебѣ — не пропадетъ зря. Увѣренность явилась, и ждать теперь можно хоть цѣлый годъ... Оно и лучше такъ-то: подучишься, есть время. На одну-то удаль, да на хорошія верхнія поты разсчитывать нельзя. Разумомъ надо выше стать, вдумываться, смотрѣть на то, какъ другіе играютъ, подмѣчать промахи, хорошему учиться, а не ломаться: "я, молъ, какъ выйду въ выигрышной роли, такъ всѣхъ и посажу!" Въ роли-то не одно пѣніе. Нынче вонъ требуютъ "создать" лицо, въ кожу къ нему влѣзть, чтобы и походка, и гримировка, и тонъ, и темпъ, и мало ли что. Все это онъ теперь слышитъ каждый день, благодаря все ей же, Прасковьѣ Ермиловнѣ. Прежде ему въ голову и одной десятой не входило мыслей разныхъ, какія теперь уже сами собою ползутъ. За кулисами или когда въ оркестрѣ сядетъ слушать и смотрѣть — онъ другими глазами смотритъ, другими ушами слушаетъ. Начинаетъ онъ понимать, чего хотятъ русскіе новые композиторы, про какой "колоритъ" они толкуютъ, почему имъ любы бытовыя сцены, что они называютъ "сочной" музыкой. Сколько словъ, терминовъ, оборотовъ, указаній! Даже страшно и подумать, что вотъ даютъ тебѣ создать лицо. Создать! Но страхъ-то этотъ сладкій, отъ него мурашки ползаютъ, духъ захватываетъ при одномъ мечтаніи.

Въ двѣ какія-нибудь недѣли женщина, своей неизреченной добротой и лаской, что можетъ изъ человѣка сдѣлать! И все это незамѣтно, безъ натуги, безъ всякихъ приставаній. Идешь къ ней въ ученье: вей изъ меня веревки, только не оставь своей лаской, только будь со мной все такая же, чтобы вѣра въ тебя была, въ твое добро и неоставленіе!

Минутами Крупениковъ принимался тихо плакать, думая о своей благодѣтельницѣ.

XV

Вечеромъ, въ комнатѣ Прасковьи Ермиловны горѣла подъ абажуромъ одна только свѣча, на письменномъ столѣ. Скакунова сидѣла въ бѣломъ капотѣ и просматривала счеты. Съ утра ей не здоровилось. Она не была даже въ классахъ, поручила надзоръ Коврину. Но къ вечеру голова прошла, только душило ее немного. Эта нервность бываетъ съ ней раза два въ мѣсяцъ. Больше, вѣроятно, отъ полноты.

Она знаетъ, что попозднѣе, часамъ къ одиннадцати, "Антоша" — она такъ уже зоветъ Круненикова — непремѣнно заѣдетъ изъ театра узнать о ея здоровьѣ. Теперь у ней совсѣмъ такое чувство, какъ у не очень еще старой-матери къ молоденькому сыну, только-что вышедшему изъ заведенія. Никакой непріятной тревоги, никакихъ особаго рода волненій — ничего. Тихая и теплая забота. Няньчиться она можетъ теперь вдоволь, и уже не такъ, какъ съ Стасенькой — гораздо нѣжнѣе. Да и разница есть. Тотъ — усталый, надорванный; хорошо, если опять не собьется; а этотъ — молодой, ничѣмъ еще не тронутъ.

И какъ онъ ведетъ себя въ классѣ съ дѣвицами! Точно самъ — дѣвица. Хоть и купеческаго рода, а деликатность у него удивительная. Ариша Веселкина такъ на него и напираетъ; тонъ у нея ужасный, а у него каждое слово мягко и съ достоинствомъ. Еслибы и другое чувство имѣть къ нему, то и тогда нечего было бы ревновать.

На этой мысли Прасковья Ермиловна задумалась. Въ квартирѣ стояла полная тишина. Ковринъ былъ въ гостяхъ. Сквозь двойныя рамы изрѣдка слышалось, какъ проѣзжаютъ сани.

Съ вечера дверь въ сѣни запиралась. Затрещалъ воздушный звонокъ. Прасковья Ермиловна положила перо и закрыла книгу. Она не зажгла другой свѣчи, она боялась свѣта, чтобы опять не разболѣлась голова, а только переставила ее на другой столъ и подумала: "Чаю ему надо. Ныньче большой морозъ. Навѣрно прозябъ".

Крупениковъ прислалъ сначала горничную узнать, можно ли видѣть Прасковью Ермиловну. Вошелъ онъ на цыпочкахъ, съ шапкой въ рукѣ. Съ морознаго воздуха отъ лица его пышило свѣжестью. Глаза весело блестѣли.

— Холодно вамъ отъ меня? бережно спросилъ онъ и остановился въ дверяхъ.

Она пригласила его сѣсть поближе и поцѣловала въ голову, когда онъ наклонился къ ея рукѣ.

— Ну, что? окликнула она.— Хорошенькое есть что-нибудь?

— Помилуйте! Такая удача!..

— Что такое? радостно вскричала она и поднялась съ кресла.

— Русланъ долженъ былъ идти, началъ Крупенниковъ; онъ торопился и глоталъ слова.— А баянъ-то и захворай...

— Вы вызвались?

— Я-съ! У меня что-то было этакое... какъ бы сказать? предчувствіе...

— Бываетъ!

— Именно предчувствіе... Я вѣдь не занятъ. Думалъ уходить, да очень ужь я первый актъ люблю.

— Еще бы! Дивно!

Они не перебивали другъ друга; восклицанія Прасковьи Ермиловны шли рядомъ съ его прерывистымъ разсказомъ.

— Вдругъ помощникъ режиссёра бѣжитъ: стрѣлся со мной около уборныхъ — Круненниковъ, говоритъ, режиссёръ спрашиваетъ, можете вы сразу баяна? Я, только, знаете, головой кивнулъ, даже ничего не сказалъ и прямо бѣгу одѣваться. Въ груди у меня все ходуномъ ходитъ! Ахъ, голубушка! вырвалось у него:— ни съ чѣмъ это нельзя сравнить! И страхъ, и томитъ тебя, и въ глазахъ круги, и сладко такъ, кажется, ни за какія бы сокровища никому не уступилъ. Вотъ какъ-съ. Явись тотъ, выздоровѣй вдругъ — я бы, кажется, тутъ на мѣстѣ повалился.

— Полно, полно... Антоша!

Отъ волненія она начала ему говорить "ты".

— Ну-съ, аннонсъ сейчасъ сдѣлали. Въ публикѣ зашикали при моемъ имени. Каково это? А я ужь сижу въ костюмѣ...

— За гуслями?

— Да, за гуслями. Всё слышать; за большимъ-то столомъ, гдѣ сидятъ наши набольшіе-то, пересмѣхнулись. У меня въ головѣ совсѣмъ померкло. Хористы, хористки, точно рожи мнѣ строятъ.

— Что ты это? Богъ съ тобой!..

— Ей-же-ей, рожи строятъ. Я ни живъ, ни мертвъ... Однако...

— И успѣхъ?! порывисто перебила она его и схватила за обѣ руки. — Успѣхъ?..

— Заставили повторить-съ! Никогда этого не бывало! Пріемъ такой!

Онъ не договорилъ, испугался, что расплачется.

Прасковья Ермиловна обняла его и поцѣловала въ лобъ. Крупениковъ приникъ къ ея плечу. И что-то въ немъ заходило. Ужасная, почти нестерпимая радость подмывала его. Онъ держалъ ее и цѣловалъ. Ему надо было вылить въ горячихъ ласкахъ всю свою душу. Онъ забылъ, что она годится ему въ матери. Все въ ней, въ эту минуту, было для него дорого и привлекательно. Сладкое томленіе смѣнило тотчасъ же порывъ бурной радости. Благодарность душила его...

— Родная! повторялъ онъ: — милушка моя! Люблю тебя... люблю!

И продолжалъ цѣловать ея руки, голову, плечи. Она ушла вся въ этотъ взрывъ. Ничего подобнаго она не помнила. Женщина проснулась въ ней...

Черезъ полчаса она сидѣла съ нимъ рядомъ и обводила его блаженнымъ взглядомъ, а правой рукой гладила по волосамъ.

Онъ все еще пылалъ. То встанетъ и начнетъ прыгать по комнатѣ, то схватитъ ее за талью и цѣлуетъ, то повторяетъ какое-нибудь одно слово или смѣется, по-дѣтски глядя на нее влажными глазами.

Она и не взвидѣла, какъ онъ сдѣлался ея любовникомъ. Даже когда онъ ушелъ, поздно, во-второмъ часу, и она, по своей привычкѣ, засвѣтила лампадку и начала, стоя, креститься — Прасковья Ермиловна точно забыла, что случилось два часа передъ тѣмъ.

XVI

Недѣли черезъ двѣ, утромъ, послѣ своего урока, Крупениковъ завернулъ къ Коврину посидѣть. Музыкантъ сейчасъ же замѣтилъ, что теноръ пришелъ къ нему не спроста: лицо у него было слишкомъ возбуждено.

Въ эти двѣ недѣли, онъ еще разъ пѣлъ въ Русланѣ, но за болѣзнью: партіи ему еще не давали; обѣщали только, что онъ будетъ чередоваться. Прасковья Ермиловна еще сильнѣе тронула его своимъ поведеніемъ. На другой день, когда они остались вдвоемъ, она ему сказала:

— Антоша! ты себя не обманывай! Ну, сердце у тебя переполнилось... Я этимъ не воспользуюсь. Мнѣ сорокъ пять лѣтъ стукнуло.

Онъ только цѣловалъ ея руки. Она заплакала и сразу повѣрила въ свое счастье. Потребность въ мужской любви и ласкѣ еще глубоко сидѣла въ ней. Прежній горькій опытъ сразу забылся.

Наружно все пошло по старому. Она говорила ему "ты, Антоша", совершенно такъ, какъ и Коврину. Но Крупениковъ очень ужъ сіялъ, когда они бывали втроемъ; то и дѣло поглядывалъ на Прасковью Ермиловну, цѣловалъ у ней руки и называлъ "мамашей". Дней черезъ десять, Ковринъ сталъ какъ будто догадываться, но врядъ ли онъ предполагалъ, что дѣло дошло до полнаго сближенія.

— Что скажете, голубчикъ? встрѣтилъ его Ковринъ обычнымъ вопросомъ.

Онъ пилъ кофей и покуривалъ. Никакихъ намековъ на отношенія тенора къ Скакуновой онъ не жеталъ дѣлать. Крупениковъ, потирая руки, потоптался немножко на одномъ мѣстѣ, потомъ присѣлъ къ столику, на которомъ стоялъ стаканъ кофею, и наклонилъ голову.

— По душѣ хочется поговорить съ вами, Евстафій Петровичъ.

— Что-жь мѣшаетъ?

— Я вамъ вѣрю и уважаю васъ; вы — человѣкъ истинно христіанскаго...

— Полноте. Что за акаѳистъ! перебилъ его Ковринъ и разсмѣялся.

— Да такъ-съ. Евстафій Петровичъ, вы меня не выдадите. Объ такой женщинѣ надо благоговѣйно... Тутъ не слабость или вожделѣніе...

Крупениковъ запутался и покраснѣлъ до ушей.

— Вы не волнуйтесь, Антонъ Сергѣичъ!

Ковринъ взялъ его за руку. На рѣсницахъ Крупеникова блестѣли слезы. Онъ весь вздрагивалъ.

— Простите, бормоталъ онъ. — Я не могу хладнокровно. Сколько эта женщина во мнѣ чувства вызвала. И какое я къ ней имѣю обожаніе... ей-Богу! Мнѣ будетъ за нее до смерти обидно, если теперь кто-нибудь... вы меня понимаете, Евстафій Петровичъ?

— Полюбилась вамъ Прасковья Ермиловна? спросилъ музыкантъ въ полголоса. — Что-жь? Тѣмъ лучше. Субординація, мой милый Антонъ Сергѣичъ, еще скорѣе пойдетъ.

— Охъ, не извольте шутить, Евстафій Петровичъ, не извольте! Жизнь моя совсѣмъ преобразилась. Только Прасковья Ермиловна и научила себя понимать, и все, что артисту нужно...

Онъ опять сталъ путаться. Коврину сдѣлалось его жаль.

— Успокойтесь, голубчикъ. Я за васъ докончу. Вы полюбили ее. Ну, что-жь! она это оцѣпить. Она и теперь, кажется, уже оцѣнила. Во всѣхъ женщинахъ, душа моя, благодарность есть, а ужъ кольми паче въ женщинахъ на возрастѣ, которымъ давно пятый десятокъ идетъ.

— Нѣтъ-съ! зачѣмъ же такъ-съ? Для меня въ настоящій разъ судьба рѣшается...

Краска мгновенно пропала съ липа Крупеникова. Онъ всталъ и затоптался около кресла, гдѣ сидѣлъ Ковринъ. Волненіе его все росло.

— Что же, наконецъ, вы у меня, дружище, спрашиваете? Что вы хотите дѣлать? Въ любви ей объясняться?

— Этого совсѣмъ не надо-съ!..

— Значитъ, что же?

— Евстафій Петровичъ! порывисто заговорилъ Крупениковъ:— вы меня ввели сюда, вамъ я всѣмъ обязанъ. Поддержите меня и въ этомъ разѣ. Онѣ — онъ уже пересталъ называть ее по имени — въ своемъ благородствѣ думаютъ, что мнѣ впослѣдствіи въ тягость будутъ. Но неужели же одно тѣло-съ? А душа-то, ничего нешто не значитъ? Душа-то? А какой-же еще души искать? Опять же кому? Артисту!

Ковринъ, наконецъ, понялъ, въ чемъ дѣло. Его добрыя губы сложились въ усмѣшку съ другимъ выраженіемъ.

— Вы, стало-быть, медленно и почти шопотомъ спросилъ онъ:— руку ей предложить хотите, а можетъ, и предложили ужь?

— Зачѣмъ такъ выражаться, Евстафій Петровичъ? вскрикнулъ Крупениковъ и заходилъ по комнатѣ.— Руку! Такъ только на театрѣ говорятъ. Руку! Что-же такое моя рука? Или мое имя? Я еще ничего не значу. Можетъ, и вообще-то объ себѣ черезъ-чуръ много возмечталъ! Не руку, а всю душу... Какъ сынъ любящій! Больше! До гроба!

Ковринъ поднялся съ кресла, подошелъ къ Крупеникову, положилъ ему на плечи обѣ руки и долго на него глядѣлъ.

— Вы это серьезно, голубчикъ? съ удареніемъ выговорилъ онъ.

— А то какже-съ, Евстафій Петровичъ? громко дыша и поводя глазами, спросилъ тотъ.

— Ну, такъ я васъ долженъ остановить, сказалъ Ковринъ.— Вы хотите быть мужемъ Прасковьи Ермиловны? Если она сама отказывается, цѣлую ея ручки. Это доказываетъ, что я въ ней не ошибался. Она не хочетъ губить васъ.

— Губить-съ?!

Крупениковъ истерически захохоталъ.

— Да, губить! повторилъ музыкантъ.— Вы — юноша, вамъ есть ли двадцать пять?

— Что значатъ года, Евстафій Петровичъ? Неужели въ нихъ сила?

— Выдвинуть васъ, направить, развить, особенно практически — да, на это нѣтъ лучше Прасковьи Ермиловны; но вамъ теперь взять въ жены чуть не пятидесятилѣтнюю женщину?.. Душа моя, я при одной мысли за васъ трепещу! И прощайтесь со всѣмъ: со свободой, съ голосомъ, съ каррьерой, съ поэзіей жизни! Это ужасно!..

— А это, какже-съ? перебилъ его Крупениковъ и, схвативъ за обѣ руки, близко приставилъ къ его лицу свое лицо: — это какже будетъ, по вашему, Евстафій Петровичъ: видѣть доброту, ласку, заботу, попеченіе... ходъ вамъ доставили... настоящая дорога передъ вами... все это взять себѣ, такъ, значитъ, здорово-живешь? пить-ѣсть, какъ сыръ въ маслѣ кататься, а потомъ и пошла вонъ, когда ты мнѣ больше не годна? Другія найдутся, помоложе!.. Это нешто честно? Вы мнѣ такъ, значитъ, совѣтуете? Полноте! Я васъ слишкомъ высоко ставлю! Вы это, Евстафій Петровичъ, обмолвились!

XVII

Голосъ Крупеникова поднялся до самыхъ высокихъ нотъ. Когда онъ договаривалъ, въ комнату вошла Прасковья Ермиловна.

Ковринъ увидалъ ее первый. Она могла слышать послѣднія фразы. Лицо ея было полуиспугано. Крупениковъ оглянулся, выпустилъ руки Коврина и отскочилъ въ сторону. Но это была одна секунда. Онъ поднялъ голову и такъ же горячо, какъ говорилъ Коврину, обратился и къ ней:

— Вотъ, голубушка, я Евстафію Петровичу, какъ нашему общему другу, открылся и просилъ его содѣйствія. Пожалуйте сюда. Прошу васъ покорнѣйше.

Прасковья Ермиловна медленно подвигалась и съ недоумѣніемъ поглядывала на обоихъ. Но она начинала уже догадываться.

— Да зачѣмъ же сейчасъ? началъ-было Ковринъ шутливымъ тономъ.

— Нѣтъ, позвольте, Евстафій Петровичъ! стремительно перебилъ его Крупениковъ: — позвольте ужь мнѣ говорить. Это для меня — первое, святое дѣло! Вотъ при васъ — вы намъ другъ — при васъ я всего себя, всю свою душу полагаю передъ

Прасковьей Ермиловной и прошу ихъ поручить мнѣ свою жизнь... до гроба!

Слезы душили его. Прасковья Ермиловна взяла его за локоть и начала материнскими звуками:

— Полно, Антоша, очень ужь ты нервень. Твое чувство ко мнѣ я вижу. И Стасенька видить его. Что я такое для тебя сдѣлала? Не возноси ты меня сверхъ мѣры...

— Позвольте, перебилъ онъ ее, сдержавъ слезы, и даже отвелъ ея руку.— Я при Евстафьѣ Петровичѣ говорю: дайте успокоеніе душѣ моей! Высокую честь окажите мнѣ. Будемъ любить другъ друга, чтобы всѣмъ въ глаза прямо смотрѣть. Лучше ничего не можеть быть на свѣтѣ! И я каждому скажу, что блаженнѣе меня нѣтъ на свѣтѣ человѣка! И передъ всѣми я гордиться буду, что супруга моя — такая особа, какъ Прасковья Ермиловна!..

Онъ громко заплакалъ и упалъ ей на плечо. Прасковья Ермиловна стояла съ опущенными глазами. Все лицо ея слегка вздрагивало. Ковринъ смущенно смотрѣлъ въ бокъ. Онъ не зналъ, что сказать. Сцена получила такой поворотъ, что у него не хватило духа заговорить въ такомъ же тонѣ, какъ до прихода Скакуновой. А онъ чувствовалъ, что дѣло близится къ кризису, что эта женщина не устоить, туть же, на глазахъ его свяжеть по рукамъ бѣднаго, нервознаго малаго, доведеннаго до энтузіазма мягкой заботливостью няньки. Еще минута — и человѣкъ погибъ.

"А можеть, подумалъ онъ:— ему лучше и не надо?"

Прасковья Ермиловна отдѣлилась немного отъ Крупеникова и протянула руку Коврипу.

— Что же, Стасенька, сказала она:— тебѣ теперь все извѣстно. Я не соглашалась, да видно Богъ велить! Будь нашимъ духовникомъ. При тебѣ Антоша просить меня быть его женой, при тебѣ я и отвѣтъ даю... послѣдній! Отказать ему я не могу. Ему хочется, чтобы мы оба добрымъ людямъ прямо въ глаза смотрѣли. Онъ на это имѣеть право — такъ ли? И ты бы на его мѣстѣ такъ же поступилъ. Остается — мои года... Я ихъ не скрываю. Я на двадцать лѣть его старше.

Крупениковъ сдѣлалъ нетерпѣливое движеніе.

46

— Ну, хорошо, не буду говорить. Шила въ мѣшкѣ не утаишь. Краситься и сурмить брови я, Антоша, не хочу... Вотъ при Стасенькѣ говорю: сколько пролюбишь меня, столько и буду тебѣ женой. А потомъ въ матери гожусь... Стѣснять тебя не стану: у меня разумъ есть. Переждай, не возноси меня на облака. Протрезвись, а потомъ ужъ и дѣйствуй.

— Ничего я не желаю, кромѣ того, чтобы вамъ передъ Господомъ Богомъ клятву принести! выговорилъ Крупениковъ, обнялъ сперва Прасковью Ермиловну, а потомъ и Коврина.

Музыкантъ совсѣмъ оторопѣлъ. Теперь ужъ говорить ему нечего, послѣ словъ самой Прасковьи Ермиловны. Разумѣется, этотъ пылкій паренекъ полѣзетъ къ вѣнцу на будущей недѣлѣ.

— Мамочка! крикнулъ Крупениковъ: — надо спрыснуть чѣмъ ни на есть.

Купеческая натура проснулась въ этомъ возгласѣ.

— Не рано ли? пошутила Прасковья Ермиловна тронутымъ голосомъ.

— Фриштикъ маленькій! Вѣдь не въ трактиръ же намъ идти съ Евстафіемъ Петровичемъ? Вы сами не допустите.

— Ну, приходите въ столовую, еще веселѣе сказала она и поцѣловалась даже съ Ковринымъ.

Когда мужчины остались одни, Ковринъ развелъ руками.

— Батюшка! Что же вы это меня какъ подвели? спросилъ онъ.

Въ отвѣтъ Крупениковъ разразился хохотомъ и хохоталъ минуты двѣ.

— Вотъ-съ каковы мы! пополамъ со смѣхомъ заговорилъ онъ, бѣгая и почти прыгая по комнатѣ.— Только вы не сердитесь! Судьба, Евстафій Петровичъ, судьба! Я какъ началъ, вошелъ въ полное чувство, а въ эту самую минуту отворяется дверь — и Прасковья Ермиловна собственной особой! Ну, я и продолжалъ. Вы — другъ и благородный свидѣтель. На нее это сразу подѣйствовало!

И онъ опять разразился. Отъ этого хохота Коврина начало даже коробить.

— Ну, голубчикъ, съ нѣкоторой горечью сказалъ онъ: — я мерзко поступилъ, опѣшилъ...

47

— Это что же вы опять?

— Нѣтъ вамъ моего благословенія. Пользуйтесь минутой, одумайтесь! Она сама даетъ вамъ передышку, не затягивайте петлю...

— Шутники вы, Евстафій Петровичъ! снова захохоталъ Крупениковъ и выбѣжалъ изъ комнаты.

"Самъ лѣзетъ — можетъ, такъ и нужно", подумалъ музыкантъ ему вслѣдъ.

XVIII

"Молодые" жили уже больше мѣсяца. Когда Прасковья Ермиловна, за нѣсколько дней до свадьбы, стала устраивать по новому свое помѣщеніе, она увидала, что хорошаго кабинета не выкроишь для "Антоши" ни изъ комнатки около столовой, гдѣ сложены были разныя старыя вещи, ни изъ одной изъ учебныхъ комнатъ: и безъ того классы помѣщались тѣсновато. Приходилось потревожить "Стасеньку".

Она сказала это Коврину деликатно и, притомъ, совершенно по пріятельски.

— Ты понимаешь, голубчикъ, пояснила она: — мнѣ вѣдь передъ нимъ совѣстно — въ матери ему гожусь! Ужь кому-кому, а тебѣ признаюсь: къ свѣтлому празднику мнѣ сорокъ шесть стукнетъ, слишкомъ на двадцать лѣтъ его старше. Онъ мнѣ метрику свою показывалъ. Надо его понаряднѣе помѣстить. А отъ насъ изъ дому я тебя не пущу...

— Я бы могъ только столоваться, замѣтилъ-было Ковринъ.

— Нѣтъ, нѣтъ! Ни за что... теперь-то тебѣ и надо при мнѣ быть! Ты ужь не обижайся!

И она была права. На Коврина раза два въ годъ нападала хмурость, нервозность какая-то, признаки возврата его слабости. Прасковья Ермиловна отлично изучила это. Онъ и вообще-то сталъ ёжиться и съ ней, и съ ея женихомъ. Еще разъ пробовалъ Ковринъ образумить тенора. Титъ обидѣлся и вопросилъ его объ этомъ болѣе "не разговаривать". Скакунова почувствовала сама, что онъ отговаривалъ Крупеникова жениться на ней, по она не обидѣлась, сказала даже ему, что она съ нимъ согласна, "да отказаться-то нѣтъ силы — все еще пожить хочется".

Однако, Ковринъ принялъ за охлажденіе къ нему свое перемѣщеніе изъ большой и удобной комнаты на улицу въ тѣсноватый кабинетикъ, гдѣ еле-еле ютилось въ углу роялино; а кровать заставлена была ширмами. Это переселеніе разомъ подавило музыканта. Точно съ свѣтлыми полосами зимняго дня ушло и его душевное довольство въ комнатѣ съ окнами на дворъ, упиравшимися въ темнокоричневую стѣну. Разговорчивость его пропадала. За столомъ онъ больше жаловался на то, что не работается, на тяжесть въ желудкѣ, на головныя боли, на холодъ. Прасковья Ермиловна старалась завести общій разговоръ, шутила, подчивала его даже "херескомъ". Но Ковринъ не поддавался. Ей хотѣлось, чтобы онъ съ ея мужемъ выпили на "ты". Она объ этомъ раза два заговаривала. Ковринъ уклонялся. Даже не совсѣмъ ловко ей начало дѣлаться. Вѣдь Антоша могъ подумать, что Ковринъ былъ съ нею въ связи, а теперь дуется. Она, полу-шутя, полу-серьёзно, заговорила и объ этомъ съ мужемъ. Онъ чуть не разсердился, какъ она можетъ предполагать, что онъ способенъ заподозрить ее въ такомъ "срамѣ"? Коврину, по его толкованію, просто непріятно, что онъ былъ противъ ихъ брака — и больше ничего. Прасковья Ермиловна и успокоилась на этомъ. Она видѣла, до какой степени ея Антоша "блаженствуетъ". Чистота его души умиляла ее. Онъ тѣшился, какъ малое дитя, прибѣгалъ къ ней со всякой малостью, ни одному помыслу своему не давалъ ходу, не спросившись у ней. Никогда никто изъ тѣхъ, кого она любила, не отдавался ей, съ первыхъ же дней, съ такой безотвѣтностью. Она плакала. Нянька, учительница, мать и возлюбленная — все въ ней было глубоко удовлетворено.

Она замѣтно посвѣжѣла. Желтоватый цвѣтъ пухлыхъ щекъ побѣлѣлъ и по утрамъ игралъ слабымъ румянцемъ. Шея налилась и блестѣла. Въ глазахъ появилась игривость, особенно, когда она шутила съ своимъ Антошей. Волосами она стала заниматься гораздо старательнѣе прежняго, спустила косу, въ видѣ завитого жгута, на шею, и перевязывала темнымъ бантомъ. Рядомъ съ мужемъ, когда они сидѣли утромъ за завтракомъ, она совсѣмъ не смотрѣла пожилой женщиной. Еслибъ не ея толщина, ей бы никто не далъ больше тридцати двухъ-трехъ лѣтъ. Ея Антоша, при его плотномъ сложеніи и съ волосами, рѣдѣющими на лбу, не кололъ ей глаза молодостью. Ему легко было дать столько же лѣтъ. И къ школѣ бракъ Прасковьи Ермиловны какъ-то хорошо пришелся. Никто, ни учителя, ни ученицы этому не удивились. Ужь она бы замѣтила! Антошу всѣ очень полюбили, особенно въ старшемъ классѣ. Даже Ариша Веселкина — на что ужь сорванецъ — и та не позволила себѣ никакихъ шуточекъ. И все такъ повеселѣло, точно на праздникахъ. Погода стоитъ ясная, съ легкими морозами; проѣдется Прасковья Ермиловна, нащиплетъ ей щеки — она еще помолодѣетъ, и придетъ въ классъ; дѣвицы всѣ франтоватыя, учатся гораздо лучше прежняго, каждой хочется понравиться ея Антошѣ. Ей извѣстно, что двѣ ужь по немъ "страдаютъ". Это смѣшитъ ее. Прежде она, къ концу дня, утомлялась, часто дѣлала выговоры, чувствовала, что ею тяготятся, а чуть она за дверь — передразниваютъ ее. Теперь, у ней со всѣми — большіе лады. Въ три недѣли не пришлось ей ни одного замѣчанія сдѣлать. Ни нервныхъ припадковъ, ни одышки, ни безсонницы, ни раздраженія — ничего! Стала она себя сравнивать съ невиннымъ младенцемъ — такъ у ней на душѣ чисто и радостно. И не одного Антошу она жалѣетъ. Кому можетъ помочь — всѣмъ готова она протянуть руку. Еще недавно, передъ этой встрѣчей, она часто роптала, полегоньку становилась суше, думала о копейкѣ на черный день, внутренно, про себя, начинала глядѣть на людей, какъ на такое отродье, противъ котораго надо всегда держать камень за пазухой; а теперь кто хочешь приди! Ей хотѣлось бы дѣлать больше добра, быть еще ласковѣе, всѣхъ пригрѣть.

Вотъ поэтому-то хмурость и замкнутость Коврина стали ее не на шутку огорчать. Выпроводить его она вовсе не желаетъ. Она нужна ему: это — ея твердое убѣжденіе. Вѣдь она его держитъ не изъ корыстныхъ видовъ. Положимъ, онъ — даровитый музыкантъ и преподаватель не плохой. Да вѣдь

Петербургъ, по музыкальной части, не клиномъ сошелся. Учителя она сейчасъ же добудетъ на его мѣсто. Но ей слѣдуетъ довести его до того, чтобы онъ что-нибудь крупное написалъ: симфонію или концертъ фортепьянный, романсовъ бы нѣсколько, а то и оперу. А въ такомъ съёженномъ настроеніи не долго и до взрыва задремавшей страсти.

Она разсудила — переждать и тайно производить надзоръ. Денегъ онъ не проситъ. И то хорошо. Антоша, по своей голубиной добротѣ, тоже перетерпитъ. При случаѣ, можно будетъ и наставленіе ему дать, какъ вести себя съ Коврынымъ.

XIX

Мужа Прасковьи Ермиловны и въ театрѣ, и вездѣ, гдѣ она съ нимъ показывалась, изъ "господина Крупеникова" перевели уже въ "Антона Сергѣича". Жена, дѣловая женщина, приподняла его сейчасъ же въ глазахъ начальства, отчасти товарищей, разныхъ устроителей концертовъ, клубныхъ антрепренёровъ. Въ газетахъ были объ немъ сочувственные отзывы. Одинъ репортеръ напалъ на дирекцію за то, что она выпускаетъ такого симпатичнаго и свѣжаго пѣвца только за болѣзнью другихъ и въ маленькихъ партіяхъ. Заговорилъ о немъ печатно и Купоросовъ, по своему, прикрикнулъ въ видѣ предостереженія, чтобы онъ — Боже избави — не увлекался однимъ итальянскимъ сладкозвучіемъ, а готовилъ бы себя къ созданію русскаго лица въ оперѣ кого-нибудь изъ молодыхъ русскихъ композиторовъ. И этотъ окрикъ подѣйствовалъ. Особенно онъ понравился самому Крупеникову. Прасковьѣ Ермиловнѣ не нужно было даже усиленно хлопотать и подмасливать. Ея Антоша пошелъ, полегоньку, въ ходъ. Въ двухъ большихъ благотворительныхъ концертахъ Крупеникова заставили повторять, студенты кричали и вызывали его до десяти разъ. Ему тутъ же было сдѣлано предложеніе: пѣть въ одномъ клубѣ, каждую недѣлю, за очень хорошую плату. Онъ спросился Прасковьи Ермиловны. Она посовѣтовала пропѣть всего разъ, меньше ста рублей не брать; а отъ остальныхъ вечеровъ отказаться.

— Не мозоль, Антоша, глаза публикѣ до тѣхъ поръ, пока не ступишь твердой ногой на сцену.

Совѣтъ этотъ онъ принялъ съ благодарностью и высокимъ почтеніемъ, какъ и все остальное, чему она его учила.

Вся внутренняя жизнь артиста ушла въ немъ на подготовленіе себя къ тому желанному "лицу", какое онъ долженъ былъ не ныньче-завтра создать. Онъ вѣрилъ, что день этотъ настанетъ и даже, быть можетъ, скоро: завтра, послѣ завтра. И все сильнѣе замирало въ немъ сердце. Случалось не спать на пролетъ ночей, рядомъ съ женой, спавшей, какъ убитая. Эта новая большая партія должна была доказать, что такая женщина, какъ Прасковья Ермиловна, не даромъ выбрала его, не даромъ отличили его и поощряли его такіе люди, какъ Ковринъ и "самъ" Купоросовъ. Не къ руладамъ своимъ прислушивался онъ, когда упражнялся по утрамъ, не къ чистотѣ нотъ верхняго и средняго регистра, а къ чему-то особенному въ груди и въ мозгу. Онъ не зналъ и предвидѣть не могъ, какого "паренька" придется ему создавать на сценѣ: будетъ ли это какой-нибудь князь, въ такомъ родѣ, какъ въ "Русалкѣ", или витязь, или опричникъ, или мужичекъ? Надо было готовить разные бытовые пріемы: такъ ему твердили всѣ музыканты новой школы. Какіе это пріемы? онъ понималъ смутно, но душой чувствовалъ, что въ немъ накапливаются они. Въ головѣ его мелькали разные оперныя сцены. Вотъ онъ ведетъ любовный речитативъ съ боярышней подъ кустомъ рябины. На немъ шитый галунами бархатный кафтанъ. Онъ будетъ стоять вотъ такъ, но своему, а не такъ, какъ стоятъ тенора, приложивъ руку къ четвертому лѣвому ребру и растопыривъ ноги. Свою возлюбленную обниметъ онъ тоже по своему, не тогда только, когда имъ нужно пѣть одну фразу — какъ это дѣлаютъ всѣ пѣвцы на свѣтѣ. Нѣтъ! У него игра будетъ на первомъ планѣ. Не станетъ онъ ни растягивать фермитъ на итальянскій фасонъ, ни подкатывать глаза подъ лобъ, ни разводить руками. Онъ уйдетъ совсѣмъ въ то, про что онъ ноетъ. Или вотъ онъ приходить къ колдуну. Нечистая сила пахнула на него. Волосы у него дыбомъ, вороть рубахи распахнуть, зрачки расширены, голову его качаеть въ разныя стороны. Все это онъ можеть исполнить. Въ душѣ его ужасъ и смертная тоска. Голосъ перехватываеть. Это — не теноровые звуки, а стоны. Онъ прерывисто говорить подъ музыку; мелодія сливается съ дикціей. Такъ и слѣдуеть; этимъ онъ и станеть любъ публикѣ. Тогда только она и оцѣнить его. Актеръ въ немъ поднимется на одну высоту съ пѣвцомъ, а то и выше хватить.

Какъ онъ будеть произносить речитативы, отдѣльныя слова, возгласы, цѣлыя мелодіи, онъ ужъ это теперь чувствуеть, только никто еще не подложилъ ему такихъ потъ, никто не даеть текста. Изъ стараго репертуара онъ не хочеть повторять теноровыхъ партій, боится впасть въ обезьянство. Въ нихъ ничего уже создать нельзя. Возьмешь ноту — и сейчасъ передъ тобой такой-то, какъ живой, встанеть: видишь его позу, лицо, какъ онъ голову закидываеть назадъ, слышишь, какъ растягиваеть слова или развиваеть мелодію. Не сбросишь съ себя чужого образца! Только въ чемъ нибудь своемъ, совсѣмъ новомъ, и можно самого себя понять, добиться своего собственнаго облика. Потому-то вездѣ, и у насъ, и за-границей и бьются за новую партію, новую роль, въ комедіи, въ драмѣ, въ опереткѣ, въ серьёзной оперѣ: — душать другъ друга подвохами, какъ голодные псы, вырываютъ другъ у друга лакомый кусокъ; женщины собой торгують, любовниковъ у другихъ отбивають, подкупають режиссёровъ, передъ начальствомъ ползають, унижаются. А удастся попасть въ любимцы публики, дають взятки, алчно слѣдять, какъ бы кто изъ начинающихъ не выдвинулся впередъ.

Противно все это! Онъ хочеть быть чисть, какъ агнецъ. Если онъ на что способень, пускай это оцѣнять публика и критика. Только дайте ему заявить себя.

Цѣлыми ночами думаеть онъ объ этомъ. И вдругъ ему станеть страшно. А какъ онъ схватить болѣзнь и въ одну недѣлю умреть? Въ Петербургѣ легче всего: и тифъ, и дифтерить, и оспа. Умирать въ такіе годы... Онъ весь затрясется и прильнеть къ Прасковьѣ Ермиловнѣ, разбудить ее, приласкается, какъ маленькій. И тотчасъ у него отляжеть, пройдетъ всякій страхъ. Съ ней онъ не можетъ умереть такъ рано. Не дастъ она въ обиду никому, не позволитъ и болѣзни сломить его, вылечитъ, выходитъ.

Онъ кидался цѣловать у ней руки и повторялъ:

— Не умру я зря! Добьюсь я своего! Поймутъ меня, поймутъ!

XX

Мечты сбылись — и свыше всякихъ чаяній. Пріѣхалъ композиторъ изъ Москвы ставить новую оперу. Прасковья Ермиловна давно въ знакомствѣ съ нимъ. Интригъ много было противъ Антоши. Однако, композиторъ самъ выбралъ. Погонъ былъ у нихъ съ партіей, прослушалъ нѣсколько номеровъ и сказалъ:

— Лучше мнѣ не надо. Вы отлично попали въ тонъ. Теперь только разработайте.

Когда остались они вдвоемъ съ Прасковьей Ермиловной, Крупениковъ весь дрожалъ отъ радости. Глаза у него такъ запрыгали, что она встревожилась, стала его поить холодной водой и компрессъ положила на голову.

— Этакъ нельзя, повторяла она:— ты уходишь себя, Антоша!

— Мамочка! возбужденно шепталъ онъ:— вы только поймите: хорошую, новую партію далъ самъ композиторъ! Послѣ обглодковъ-то разныхъ, послѣ того, какъ держали чуть не въ простыхъ хористахъ!

Двѣ ночи на пролетъ онъ не могъ спать. Классныя занятія сдѣлались ему тягостны. Онъ попросилъ освободить его на время репетицій новой оперы. Цѣлые дни готовилъ онъ свою партію, по десяти, по двадцати разъ повторялъ одну фразу, ежеминутно бѣгалъ въ комнату жены за совѣтомъ, забѣгалъ и къ Коврину; но тотъ началъ пропадать. Прасковья Ермиловна качала головой и боялась, что съ музыкантомъ начнется "его болѣзнь".

Пришелъ день первой репетиціи съ оркестромъ.

Лихорадка била Крупеникова. Все у него вылетѣло разомъ изъ головы, какъ только капельмейстеръ палочкой показалъ ему начинать: фразировка, игра, какое слово надо выдѣлить поярче, что брать грудью, что въ ползвука. Нѣсколько секундъ онъ былъ въ ужасѣ, похолодѣлъ, схватился за голову, точно предчувствуя обморокъ. Оркестръ привелъ его въ себя, онъ началъ вспоминать и запѣлъ.

Композиторъ стоялъ въ сторонѣ, не перебивалъ, одобрительно кивалъ головой; капельмейстеръ былъ также доволенъ. До самаго конца своей первой сцены Крупениковъ пѣлъ и говорилъ речитативы "внѣ себя", что-то его подмывало; онъ уже не видалъ ни палочки дирижера, ни оркестра, не сбился ни въ одномъ полтактѣ. Ему привелось пѣть съ той самой дебютанткой, рослой, широколицой полькой Левандовской, которую Скакунова видѣла за табльдотомъ. Онъ съ ней не встрѣчался до этой первой репетиціи. Она путала часто, хватала его за руки, чтобы не сбиться, и въ промежуткахъ говорила:

— Ахъ, какъ вы тверды, ахъ, какъ вы тверды!..

Остальные исполнители шли кое-какъ, плохо еще знали текстъ; многое вели безъ всякой игры, не желали понапрасну уставать. Крупениковъ ничего этого не замѣчалъ.

Въ антрактѣ композиторъ поблагодарилъ его, но посовѣтовалъ "не тратиться на пробахъ черезъ мѣру".

Онъ слушалъ и не вѣрилъ, что у него вышло что-нибудь порядочное. Въ остальныхъ актахъ съ нимъ дѣлалось то же самое: также позабывалъ все передъ тѣмъ, какъ ему начинать — и разомъ точно что прорывалось въ немъ. Домой онъ пріѣхалъ совсѣмъ мертвый отъ усталости. Прасковья Ермиловна должна была уложить его въ постель. Ночью онъ бредилъ. Безпокойство его росло съ каждой новой репетиціей. Онъ ничего не ѣлъ за столомъ. Его мучила жажда; но онъ не смѣлъ пить за обѣдомъ вино. Въ театрѣ, на пробахъ, онъ спрашивалъ у всѣхъ вплоть до помощника режиссёра, до суфлёра, до простыхъ хористовъ: какъ у него идетъ, не провалится-ли онъ со срамомъ на первомъ представленіи?

Композитору стало его жаль. Онъ нѣсколько разъ его

успокоивалъ и отводилъ въ сторону, прося поберечь свои силы для спектакля.

— Поймите, Христа ради! со слезами въ голосѣ говорилъ ему Крупениковъ: — вѣдь это на всю жизнь дорога! вѣдь такой партіи двадцать лѣтъ ждутъ, да не выпадетъ такой удачи! Вы меня выбрали, вы мнѣ оказали довѣріе, искру во мнѣ открыли; а я буду такъ себѣ, неглиже съ отвагой попѣвать?!

— Не очень усердствуйте! повторялъ ему композиторъ.— Ваша жена вамъ тоже скажетъ.

— Она по добротѣ и любви своей! Но вы меня поймите!

Надъ его возбужденностью, страхомъ и волненіемъ начали подтрунивать даже хористы. Пѣвецъ баритонъ, исполнявшій главную роль, обрѣзалъ его при всѣхъ:

— Что это вы, Крупениковъ, точно съ писаной торбой, съ партіей вашей носитесь!..

Онъ промолчалъ, но поблѣднѣлъ и затрясся.

"Дуракъ я, дуракъ съ торбой, повторялъ онъ, про себя.— Ладно!... Вотъ мы увидимъ!.."

И неувѣренность въ себѣ, страхъ перваго спектакля росли въ немъ съ каждымъ часомъ. Его партнерка — полька шутливо подзадоривала его и все приглашала хорошенько кутнуть.

— Какъ? почти съ ужасомъ спросилъ онъ ее.

— Да такъ, на тройкѣ... Шампанскаго бутылки двѣ на брата. Послѣ перваго представленія — ужинъ за вами. Слышите: въ Самаркандъ!

— Извольте, идетъ!

Но тутъ же его испугала собственная дерзость: собираться кутить, когда можешь съ позоромъ провалиться.

— Знаете что, сказала ему дебютантка: — если вы коньячку не выпьете передъ спектаклемъ, вы упадете въ обморокъ...

Онъ только моталъ головой. Глаза его блуждали. Въ головѣ у него были однѣ мелодіи его партіи. Онъ перебиралъ въ сотый разъ интонаціи, боясь потерять то, что онъ такъ томительно выработалъ.

XXI

Въ уборной свѣтло. Горятъ газовыя лампы по обѣимъ сторонамъ трюмо. Крупениковъ, полураздѣтый, сидитъ на диванчикѣ и пьетъ зельтерскую воду. У дверей портной разложилъ костюмъ и что-то притачиваетъ на рукавѣ. Оффиціантъ изъ буфета дожидается съ подносомъ и пустой полубутылкой.

Противъ Крупеникова, придерживаясь рукой за край трюмо, стоитъ Прасковья Ермиловна, въ черномъ бархатномъ платьѣ, сильно стянутая, такъ что вся кровь бросилась ей въ лицо. Широкій кружевной воротникъ, съ концами, въ видѣ *fichu*, лежитъ на ея жирныхъ плечахъ. Лѣвой рукой она обмахивается вѣеромъ съ страусовыми перьями. Она похожа на концертную пѣвицу передъ выходомъ въ залу. Глаза ея блестятъ. Ея Антоша дебютируетъ. Онъ тутъ, сидитъ и пьетъ зельтерскую воду; она его довела такъ до карьеры. Одно смущаетъ ея сегодняшнюю радость: Ковринъ "запилъ". Нѣсколько дней она старалась это скрывать, даже отъ мужа. Но Крупениковъ захотѣлъ пригласить его въ ложу, спрашивалъ объ немъ — надо было сказать, что онъ пропадаетъ уже четвертый день и приходитъ ночью "совсѣмъ хоть выжми". Такъ выразился объ немъ швейцаръ.

Кто-то его поитъ на сторонѣ. Она ему денегъ не даетъ. Но настанетъ такой день, когда онъ запрется у себя и завьетъ уже по другому.

Безпокоилась она не мало все время репетицій. Антоша совсѣмъ извелся. Но сегодня — конецъ этой лихорадкѣ артиста. Онъ будетъ имѣть большой успѣхъ. Никто въ этомъ не сомнѣвается.

Всѣ имъ заинтересованы. Купоросовъ обѣщалъ цѣлую статью. Вотъ сейчасъ она" пойдетъ въ залу, приведетъ его сюда, чтобы онъ ободрилъ Антошу.

Прасковья Ермиловна остановилась глазами на похудѣломъ и обритомъ лицѣ Крупеникова.

— Зачѣмъ только ты обрился!.. Вѣдь надо же бороду

57

наклеивать? сказала она ему тономъ материнскаго упрека: — это будетъ тебя раздражать.

— Ужь оставьте, мамочка, отвѣтилъ онъ серьёзно и отдалъ стаканъ лакею. — Цвѣтъ волосъ не тотъ совсѣмъ. Не тотъ и человѣкъ. Опять же длиннѣе...

— Привязать...

— Въ привязной бородѣ? Что вы-съ! Готово? крикнулъ онъ портному.

— Два стежка...

— Позови-ка, голубчикъ, Сашу — парикмахера.

Крупениковъ всталъ и подошелъ къ женѣ.

— Знаете что? неувѣренно началъ онъ. — Надо вѣдь мнѣ проглотить чего-нибудь крѣпительнаго...

Онъ взглянулъ на нее, какъ на няньку.

— Чего, крѣпительнаго?

— Да коньяку... Я боюсь! шопотомъ продолжалъ онъ: — въ обморокъ хлопнешься...

— Пустяки, Антоша! не очень строго выговорила Прасковья Ермиловна. — Ну, стаканъ вина краснаго.

— Не стоитъ — вѣрьте слову... Надо коньяку... Я вѣдь знаю препорцію.

Крупениковъ засмѣялся, какъ мальчикъ, выпрашивающій ложку варенья. Прасковья Ермиловна на минуту затуманилась.

— Право, Антоша, не было бы хуже... Еще собьешься!....

— Для этого именно. А то я не могу секунды пробыть, чтобы не считать тактовъ и не повторять мелодіи... Надо, чтобы у меня и другое что-нибудь въ головѣ явилось...

По ея виду, ему кажется, что она согласна.

— Любезный! кричитъ Крупениковъ лакею. — Принеси-ка сюда еще бутылочку водицы и коньяку!

— Рюмку прикажете?

— Нѣтъ, графинчикъ... рюмки на три.

Оффиціантъ торопливо вышелъ. Прасковья Ермиловна оправила лифъ и взяла мужа за руку.

— Смотри, Антоша, не возбуждай себя очень! хуже будетъ.

Онъ и самъ не желалъ ничего спиртнаго. Какъ лекарство, проглотитъ онъ коньяку; а не то, чтобы такъ, отъ бездѣлья.

Оставшись одинъ, Крупениковъ сѣлъ къ трюмо и началъ гримировать верхнюю часть лица, глаза, брови и носъ. Сейчасъ придетъ парикмахеръ и принесетъ волосы для бороды и парикъ. Волненія онъ что-то не чувствуетъ. Точно онъ увѣренность получилъ въ дѣйствіе трехъ рюмокъ коньяку.

"Меньше двухъ, и основательныхъ, никакъ нельзя", рѣшилъ онъ, подводя себѣ брови.

Дверь пріотворили изъ корридора. Просунулась бѣлокурая голова дебютантки Левандовской.

— Вы еще не готовы? крикнула она. — Сейчасъ звонокъ.

— Успѣю, смѣлымъ тономъ отвѣтилъ онъ и самъ удивился, откуда у него такая бодрость.

— А я готова. Помните обѣщаніе?

— Какое?

Онъ совсѣмъ забылъ.

— А на тройкѣ-то? Или вы на попятный, жена не позволяетъ?

— Ну, вотъ еще какія новости! Валимъ!

Такъ онъ ухарски крикнулъ это "валимъ", что не узналъ своего собственнаго голоса.

— Ладно! Со мной два кавалера будетъ. — Она произнесла "кавилера".

Дверь хлопнула. Рука Крупеникова остановилась на полпути къ щекѣ съ цвѣтнымъ карандашемъ, которымъ онъ гримировался.

Кутежъ! Тройка! Самаркандъ! А Прасковья Ермиловна? Съ ней — неловко, она съ незнакомыми мужчинами не поѣдетъ. Да и какой же это будетъ кутежъ? А надо. Онъ чувствовалъ, что надо: чѣмъ бы ни кончился вечеръ — успѣхомъ или проваломъ. Безъ попойки, шума, болтовни, ѣзды вскачь, морознаго воздуха на нѣсколько верстъ не переживешь сегодняшняго спектакля — болѣзнь схватишь. Онъ такъ и скажетъ Прасковьѣ Ермиловнѣ. Она пойметъ.

Лакей принесъ коньяку. Пришелъ парикмахеръ. Черезъ четверть часа, Крупениковъ былъ готовъ и въ ту минуту, какъ идти на сцену — проглотилъ двѣ большія рюмки.

XXII

Прасковья Ермиловна запоздала въ залѣ, ждала Куноросова и побѣжала одна на сцену. Она нашла мужа у боковыхъ кулисъ, въ костюмѣ, не сразу узнала его въ парикѣ и бородѣ другого цвѣта и быстрымъ шопотомъ сказала ему:

— Купоросовъ опоздалъ. Приведу послѣ перваго акта. Съ Богомъ, Антоша! Я пойду въ ложу...

Онъ такъ смѣло готовился къ выходу, что тряхнулъ молодецки головой и кинулъ ей:

— Теперь намъ — море по колѣно!

Помощникъ режиссёра крикнулъ:

— Господинъ Крупениковъ! Пожалуйте!

Крупениковъ еще разъ тряхнулъ головой, улыбнулся Прасковьѣ Ермиловнѣ и бросился въ кулису.

Она побѣжала въ ложу.

Двѣ большія рюмки коньяку взяли свое. Никакой трусости не чувствовалъ ея Антоша. Онъ ничего не забылъ передъ той минутой, какъ ему начинать. Его возбужденность все росла, голосъ крѣпчалъ, глаза горѣли, онъ увлекъ и дебютантку. Ни объ чемъ онъ не думалъ, ничего не припоминалъ, ни о чемъ не безпокоился. Все шло само собой.

Въ ложѣ у Прасковьи Ермиловяы сидѣлъ Купоросовъ и двое изъ учителей ея школы.

— Каковъ, каковъ Антоша? шептала она критику.

— Молодцомъ, молодцомъ, бормоталъ критикъ.

— Голубчикъ, пойдемте послѣ этого акта къ нему въ уборную поддержать его, чтобы онъ въ третьемъ-то отличился.

— Послушаемъ, послушаемъ дальше.

— Нѣтъ ужъ, пожалуйста! вы видите, какъ публика принимаетъ. Но ваше слово для него особенно дорого.

А публика отлично принимала ея Антошу. Его вызвали два раза, по уходѣ со сцены. Прасковья Ермиловна не узнавала его въ двухъ-трехъ мѣстахъ: до такой степени онъ горячо игралъ и пѣлъ.

— Игра-то, игра-то? указывала она Купоросову.

Тотъ одобрительно мычалъ.

Она повела его въ уборную мужа. Крупеникова нашли они въ корридорѣ. Онъ пилъ зелѣтерскую воду; но она была съ коньякомъ.

Прасковья Ермиловна обняла его и прослезилась. Купоросовъ потрепалъ по плечу и началъ говорить ему пріятныя вещи; но такимъ тономъ, точно онъ его распекаетъ.

Крупениковъ слушалъ и взглядывалъ на длинную бороду и мохнатую голову критика, на его крупный носъ и нахмуренныя брови. Вотъ теперь онъ его совсѣмъ не боится — ни капельки. Что Купоросовъ ни говори — отъ этого онъ не будетъ пѣть и играть ни хуже, ни лучше.

— Только все еще на ферматахъ тянете по-итальянски, батюшка, бросить это надо! И въ музыкѣ-то самой много мармелада! гудѣлъ критикъ.

Прасковья Ермиловна заволновалась, какъ бы похвалы не кончились распеканьемъ, и заторопила Антошу: ему надо было мѣнять костюмъ.

Купоросовъ ушелъ. Прасковья Ермиловна проводила его до лѣстницы и вернулась въ уборную.

— Вотъ, маточка, говорилъ ей Крупениковъ, весь красный и сіяющій:— вотъ вы боялись насчетъ коньячку... А онъ какъ подѣйствовалъ... Все рукой сняло!

— Ну, это, мой другъ, отъ увѣренности: много работалъ.

— Нѣтъ-съ, отличное средство, возразилъ онъ даже съ нѣкоторымъ раздраженіемъ.

Прасковья Ермиловна зорко посмотрѣла на него: что, если онъ потребуетъ еще коньяку и угостится къ третьему акту, на радостяхъ?

Она отвела его въ уголъ къ зеркалу; въ уборную вошелъ портной и стоялъ у двери.

— Антоша! шопотомъ начала она, съ дрожью въ голосѣ:— умоляю тебя, не дѣлай ты этой глупости. Поддержалъ свой куражъ и довольно. Еще одна рюмка, и ты спадешь съ голоса или спутаешься. Дай мнѣ слово, строже добавила она и долго глядѣла ему въ глаза:— честное слово...

Она ужь замѣтила, когда говорила ему, что у него въ

глазахъ новое какое-то выраженіе. Не было прежней кротости, мягкой приниженности любящаго сына.

— Даешь мнѣ слово? повторила она.

— Даю, даю, нетерпѣливо отвѣтилъ онъ: — одѣваться надо, опоздаешь съ вами!

И этого бы онъ не сказалъ еще вчера.

Прасковья Ермиловна вышла изъ уборной медленно и, остановившись передъ дверью, обернула голову и жестомъ головы досказала:

— Смотри же, сдержи честное слово!

Ему было и смѣшно, и немножко досадно. Чего боится? Точно онъ — малолѣтній или пьяница. Возилась съ Коврынымъ, вотъ и остались страхи.

Но слово было дано. Да онъ и не желаетъ. Сейчасъ выпилъ онъ коньяку съ зельтерской водой. Ну, и довольно.

Переодѣвшись, онъ дожидался своего выхода съ неудержимымъ зудомъ: поскорѣе опять явиться передъ слушателями, показать имъ, какъ онъ отдѣлалъ свою партію, заставить себѣ больше хлопать, чѣмъ первому пѣвцу — баритону.

Въ кулисѣ дебютантка схватила его за руку и шепнула на ухо:

— Просто влюбилась въ васъ, такъ вы пѣли... ѣдемъ, а? Онъ вспомнилъ о тройкахъ.

— Непремѣнно! отвѣтилъ онъ и даже забылъ совсѣмъ про Прасковью Ермиловну.

— Заказали? У меня ужь есть.

— Пошлю. Сейчасъ приведутъ.

Иначе, какъ на тройкѣ, онъ не могъ кончить этого вечера.. Ужь и теперь голова его горитъ и всѣ жилы бьются.

XXIII

Вечеръ кончился блистательно для исполнителей. Вызывали и композитора, но меньше, чѣмъ Крупеникова; его имя кричали почти столько же, сколько и имена перваго баритона и главной пѣвицы. Съ верху, изъ галлереи четвертаго яруса, ему махали платками. Онъ появлялся до десяти разъ. Дебютантка взяла голосомъ, но играла плохо. Вызывали и ее.

Слово, данное Прасковьѣ Ермиловнѣ, Крупениковъ сдержалъ. Онъ не пилъ больше коньяку, ни цѣликомъ, ни въ водѣ. Въ каждый антрактъ она прибѣгала на сцену и приводила кого-нибудь изъ знакомыхъ музыкантовъ или рецензентовъ. Безпрестанно повторяла она ему, чтобы онъ не волновался, со слезами радости на глазахъ вызывала похвалы, показывала его, точно своего дорогого мальчика, сдающаго блистательно трудные экзамены.

Въ первый разъ это его начало раздражать; но онъ улыбался, громко дышалъ, жалъ руки, качалъ головой. Къ послѣднему акту его возбужденіе дошло до "градуса", послѣ котораго онъ уже больше не могъ подняться, ни въ игрѣ, ни въ пѣніи. Вызовы немного облегчили его, дали выходъ чему-то, что давило его виски и стояло въ груди коломъ. Но и послѣ вызововъ его тянуло на морозъ, летѣть въ саняхъ, такъ, чтобы духъ захватывало...

Дебютантка еще разъ шепнула ему:

— Смотрите-же. Мы будемъ ждать на подъѣздѣ. Посылайте за тройкой.

Вызовы съ трудомъ смолкли. Загасили газъ, подняли занавѣсъ. Но на верхахъ кто-то рявкнулъ:

— Крупеникова!

Прасковья Ермиловна слышала этотъ крикъ. Она стояла у дверей уборной. Крупеникова задержалъ режиссёръ и что-то говорилъ, пожимая ему руку.

— Ну, дитя мое, приняла она его въ объятія, когда они очутились вдвоемъ въ уборной:— я такъ счастлива, такъ счастлива! Успѣхъ огромный! Всѣ кричатъ: какой свѣжій талантъ! Раздѣвайся, Антоша, простынь; я просила моихъ гостей на чашку чаю, спрыснемъ твое торжество, выпьемъ по бокальчику. И Купоросовъ будетъ. А ты — отдохни и въ театральной каретѣ поѣдешь.

Онъ чуть-чуть отстранилъ ее рукой и выговорилъ тономъ товарища:

— Чай пить? Нѣтъ!.. Я кататься ѣду, мнѣ воздухъ нуженъ.

— Кататься?.. Куда?

Прасковья Ермиловна подалась назадъ.

Лицо у него было странное, брови сдвинуты, ротъ полуоткрытъ, зубы стиснуты, глаза точно больше.

— Антоша, заговорила она, впадая въ свой материнскій тонъ:— какъ же тебѣ можно ѣхать? Ты развѣ куда ужинать собираешься? На тройкѣ?..

— Да, на тройкѣ-съ.

Онъ сталъ опять мягче, взялъ ее за руку, поцѣловалъ щеку.

— Маточка, не удерживайте меня! Не могу я оставаться въ комнатахъ. Не могу!

И въ голосѣ его заслышались ребяческія слезы.

Ей ужасно стало жаль его. Но какже пустить его одного? Съ кѣмъ? Видно, онъ согласился съ компаніей. Что эта полька шептала ему?

Влюбленная женщина заговорила въ Прасковьѣ Ермиловнѣ и усилила страхъ няньки и матери.

— Антоша, ты воленъ куда хочешь ѣхать, только ты меня сильно огорчишь.

Онъ опустилъ голову и нервно двигалъ носкомъ праваго сапога.

"Значитъ — нельзя" — подумалъ онъ, какъ мальчикъ, которому не удалось выпросить пирожнаго.

— Нельзя, стало-быть? вслухъ произнесъ онъ вопросительно.

— Да ужь если тебѣ такъ захотѣлось, ну, пошлемъ отъ насъ за двумя тройками, прокатимся...

— Отъ насъ? переспросилъ онъ и, махнувъ рукой, добавилъ:— нѣтъ, ужь что-жь это за катанье будетъ-съ!

Прасковья Ермолавна измѣнилась въ лицѣ. Она поняла смыслъ этой фразы.

— Кто же тебя приглашалъ? Оперныя дамы, вѣроятно?

Она не кончила. Такихъ разговоровъ между ними никогда еще не было.

Крупениковъ отошелъ къ столу и началъ раздѣваться. Онъ боялся, что дебютантка пришлетъ за нимъ при женѣ.

— Хорошо, я не поѣду, заговорилъ онъ подавленнымъ голосомъ.— Позовите ко мнѣ портного, поѣзжайте домой. Я пріѣду въ театральной.

Прасковья Ермиловна поняла, что ему хочется поскорѣе ее выпроводить. Не собирается ли онъ обмануть ее? Улетить на тройкѣ съ пьяницами, пропадетъ на всю ночь. Какая-нибудь мерзавка увлечетъ его. А послѣ завтра повтореніе оперы.

— Ты даешь мнѣ честное слово, Антоша? напряженно-мягко окликнула она его у двери.

— Ахъ, Господи, вырвалось у него.— Что же это все честныя слова давать? Не воръ я! Не обманщикъ! Дайте мнѣ въ себя придти... Сказалъ, пріѣду...

Къ своему голосу онъ не прислушивался. Онъ только сдерживалъ себя, чтобы не закричать.

"Послѣ спасибо мнѣ скажетъ", подумала Прасковья Ермиловна и поспѣшно пошла одѣваться.

"Одной слово далъ — другую обману, выговорилъ про себя Крупениковъ.— Надо было послушаться. Вѣдь это — Прасковья Ермиловна, а онъ ей всѣмъ обязанъ!.. Огорчишь ее, будетъ еще Богъ знаетъ что думать, насчетъ женскаго пола. Надо слушаться".

Онъ нѣсколько разъ повторилъ послѣднюю фразу. Портной помогъ ему раздѣться. Пришли "отъ госпожи Левандовской" сказать, что "ихъ дожидаются". Онъ отвѣтилъ, что ему "никакъ нельзя, дурно себя почувствовалъ".

И въ самомъ дѣлѣ, онъ чувствовалъ себя до нельзя тяжело. Точно онъ попалъ въ какой-то парникъ и его тамъ закупорили.

XXIV

Дома гостей было четверо мужчинъ. Прасковья Ермиловна пригласила еще Аришу Веселкину. Она была также въ театрѣ и упросила взять ее; порывалась и за кулисы поздравить Крупеникова, да ей сказали, что постороннихъ, особенно барышень, туда не пускаютъ.

Ждали Крупеникова долго. Сначала разговоръ былъ

оживленъ: Купоросовъ на половину ругалъ оперу, молодой профессоръ гармоніи поддакивалъ ему, два другіе музыканта хвалили одного "Антона Сергѣича", восхищались его народной манерой произносить речитативы. Прасковья Ермиловна начала безпокоиться.

Всѣ сидѣли за чаемъ, въ столовой, когда вошелъ Крупениковъ.

Онъ хотѣлъ улыбнуться всему этому обществу; но улыбка вышла у него такая странная, что Купоросовъ крикнулъ ему, черезъ столъ:

— Что это вы, батюшка, какой кислый? Точно съ панихиды.

— Какъ не устать! вступилась тотчасъ же Прасковья Ермиловна.

— Это точно, выговорилъ онъ и сѣлъ слѣва отъ самовара, рядомъ съ Аришей.

— А гдѣ же Ковринъ? спросилъ одинъ изъ гостей.— Вѣдь онъ у васъ живетъ?..

— Какже, отвѣтила Прасковья Ермиловна:— только я его совсѣмъ не вижу... Дѣла какія-то...

Ей не хотѣлось объявить, что онъ "закурилъ".

— Какія же дѣла-съ? вдругъ какъ бы обиженно окликнулъ Крупениковъ.— Вы желаете скрыть. Все находился подъ началомъ, а теперь не выдержалъ. Евстафій Петровичъ, продолжалъ онъ съ усмѣшкой, оглядывая гостей: — давно въ задумчивость сталъ впадать, а теперь чертить началъ...

— Чертить? не понялъ одинъ изъ музыкантовъ.

— Да-съ; я это по нашему, по московски, называю.

— Антоша! зачѣмъ же говорить... чего хорошенько не знаешь? замѣтила Прасковья Ермиловна.

— Позвольте! почти гнѣвно отвѣтилъ онъ и весь вспыхнулъ.— Очень хорошо знаю-съ, потому и говорю. Я Евстафія Петровича знаю-съ, и душевно люблю. Оговаривать мнѣ его нѣтъ надобности! Крѣпился человѣкъ — и не выдержалъ. Вотъ ужъ онъ который день дома-то не ночуетъ.

Прасковья Ермиловна поблѣднѣла. Никогда бы она не ожидала отъ своего Антоши такой выходки. Ужели онъ, какъ злой мальчикъ, мстилъ ей за то, что она не пустила его кутить?

Надо было вывернуться. Она приказала подать бутылку шампанскаго. Выпили по бокалу; но сдѣлалось скучно и натянуто. Купоросовъ заспорилъ съ молодымъ профессоромъ.

Ариша отвела Крупеникова къ окну, пожала ему руку, поздравила еще разъ и допила свой бокалъ.

— Вы — милка: такъ вы хорошо пѣли! въ полголоса говорила она, стоя нарочно спиной, чтобы не слышно было Прасковьѣ Ермиловнѣ.— Просто прелесть! Я не ожидала. Обижайтесь, не обижайтесь. И за то вамъ спасибо, что вы командиршѣ носъ утерли.

Онъ слушалъ ее и припоминалъ, какъ онъ въ первый разъ разговаривалъ съ ней у Коврина и что она тогда говорила про его теперешнюю жену.

— Стасенька бѣдный! продолжала Ариша: — запилъ! И запьешь! Еслибъ его въ заверти не держали, какъ мальчика маленькаго, да деньги ему на руки отдавали, онъ бы кутнулъ день — другой. А теперь чѣмъ это пахнетъ!

— Да, да, прошепталъ вдругъ Крупениковъ и схватилъ ея руку.— Это точно. Долго они еще сидѣть будутъ? спросилъ онъ, указывая головой на гостей.

— Для васъ вѣдь это все дѣлается, сказала Ариша и повела дурашливо плечами.

— Нѣтъ моей мочи!

Онъ схватился рукой за голову.

— Идите баиньки!.. А знаете, лихо бы прокатиться? Ночь какая, новый мѣсяцъ, снѣжокъ порхаетъ!

Щеки Ариши рдѣли. Точно они сговорились съ той, съ Лезандовской. Ему стало невыносимо въ этой столовой. Онъ подошелъ къ женѣ, нагнулся и шепнулъ ей:

— Я пойду въ кабинетъ, у меня, мочи нѣтъ — голова болить.

— Ступай, ступай, заботливо сказала она:— я извинюсь.

Она была даже рада этой головной боли: успокоится, заснетъ, гости поскорѣе уйдутъ. А выходку его объяснятъ возбужденіемъ спектакля.

Крупениковъ ушелъ, ни съ кѣмъ не простившись. Въ кабинетѣ онъ легъ на диванъ, не раздѣваясь, снялъ только сюртукъ. Онъ потушилъ свѣчу, но руки и ноги зудѣли, въ груди раздраженіе все усиливалось. То плакать захочется, то сдѣлается невыносимо горько.

Вотъ онъ, тотъ желанный день, когда его оцѣнила вся публика! Сколько вызововъ, какіе крики! А ему такъ скверно — хоть бросайся въ прорубь головой внизъ... Отчего? Давитъ что-то, сковываетъ. Онъ — на помочахъ... И успѣхъ-то — не его успѣхъ Не смѣетъ онъ отвести душу по своему, не мечтать ему о ласкахъ страстно любящей молодой дѣвушки. Иди въ спальню своей благодѣтельницы, ложись рядомъ съ ней на двуспальную кровать. Авось она, если ты приведешь ее въ умиленіе, позволитъ тебѣ прокатиться одному на лихачѣ по Невскому, да и то, чтобы "горлышко" не простудить, чтобы вечеромъ она тебя доставила публикѣ въ сохранности!

Злость начала душить его. Онъ грызъ кожаную подушку. А "благодѣтельница" придетъ, какъ только проводитъ гостей, придетъ и поведетъ къ себѣ укладывать Антошу въ постельку.

Онъ вскочилъ и заперся изнутри, легъ опять и сталъ, затаивъ дыханіе, ждать. Черезъ полчаса, Прасковья Ермиловна окликнула его. Онъ притворился спящимъ. Она возвращалась еще два раза. Онъ лежалъ мертвенно тихо. Въ два часа ночи его оставили въ покоѣ.

XXV

Сна не было и не могло быть. Тоска грызла его, особая, какой онъ никогда еще не зналъ. Ему нѣтъ выхода: онъ — рабъ. Ничего у него нѣтъ своего: ни голоса, ни умѣнья, ни таланта, ни свободы, ни надежды на новую вольную жизнь. Все это "принадлежитъ" Прасковьѣ Ермиловнѣ.

"Будто?" спросилъ онъ себя къ разсвѣту, возмущенный этимъ чувствомъ гнетущаго рабства. Женщина, еще вчера бывшая для него и матерью, и другомъ, и возлюбленной, дѣлалась ему ненавистна. Хоть сейчасъ бѣжать!

Рано утромъ, часу въ восьмомъ, позвонили въ передней.

Онъ поднялся, спустилъ ноги съ дивана, потомъ надѣлъ сюртукъ. Никто не отпиралъ. Горничныя еще спали.

Онъ вышелъ на цыпочкахъ въ переднюю и самъ отперъ.

У дверей стоялъ Ковринъ, въ осеннемъ старомъ пальто и шапкѣ, съ посинѣлымъ лицомъ и выпученными, точно безумными глазами. Въ другое время Крупениковъ испугался бы; но тутъ онъ бросился къ нему, схватилъ за руку, быстро ввелъ въ переднюю, поддержалъ его на ходу — тотъ качался — и провелъ прямо въ его комнату.

Ему стало сейчасъ же легче, какъ только онъ увидалъ Коврина. Онъ готовъ былъ обнять его и расцѣловать.

— Батюшка, Евстафій Петровичъ! говорилъ онъ тронутымъ голосомъ: — откуда? дайте я сниму пальто, сядьте... не хотите ли чего?

Ковринъ далъ стащить съ себя пальто, снялъ шапку, опустился въ кресло, поглядѣлъ на него налитыми глазами и вдругъ жалобно запросилъ:

— Достаньте... Христа ради... чего нибудь... стаканчикъ маленькій... голу-убчикъ?

— Знаю, знаю, отвѣтилъ Крупениковъ, все также ласково: — сейчасъ достану, понимаю я очень, каково вамъ...

Онъ выбѣжалъ изъ комнаты, прошелъ тихонько къ буфету, досталъ графинчикъ — въ немъ всегда была горькая — также скоро вернулся и налилъ самъ рюмку.

Ковринъ дрожащей рукой взялъ ее и проглотилъ, а за ней и еще двѣ.

— Гдѣ былъ, спросишь? пролепеталъ онъ и улыбнулся.— Въ номерѣ лежалъ, въ баняхъ четверо сутки... "Нуи" пилъ: бургонское такое. А потомъ простую, а сегодня выгнали. Денегъ нѣтъ. Шуба ушла. Дали вонъ, видишь, какую хламиду... Что, тенорокъ, глядишь на меня? Тотъ ли это Евстафій Петровичъ? Тотъ самый! Ты не думай, что я на тебя дулся. Нѣтъ, не на тебя; а за тебя, милый мой, за тебя! Ты — пропащій человѣкъ. И я бы не такъ запилъ, нѣтъ... Вѣрь мнѣ, у меня это проходило... Очень она меня, директриса-то наша, доѣхала своей системой!

— Да, да! глухо вскричалъ Крупениковъ.

— А, небось, начинаешь чувствовать? Я тебѣ говорилъ: не

губи себя! Знаю — ты пошолъ въ гору, въ новой оперѣ пѣлъ. Когда пѣлъ?

— Вчера, уныло отвѣтилъ Крупениковъ.

— Что такъ кисло говоришь? знать, фіаско, другъ?

— Нѣтъ, пріемъ большой!

— А отчего же ты такой?

Ковринъ прищурился и ткнулъ пальцемъ въ плечо Крупеникова.

— Отчего?

Слова сначала замерли. Испугался онъ говорить все. И кому же? Пьющему запоемъ человѣку. Что за нужда! Этотъ человѣкъ запилъ отъ нея же, отъ Прасковьи Ермиловны, отъ ея сладкой выучки, отъ ея попеченій... На зло ей!

И Ковринъ понялъ его, съ первыхъ словъ понялъ.

— Не пустили тебя? Такъ, такъ!.. Дай срокъ, и не то еще будеть! Жалованье станеть отбирать, засаживать за фортепіано. Тебя на вольный воздухъ тянуло, ты задыхался. Мудрено, какъ это у тебя голова не лопнула, а нянька и благодѣтельница запрещаеть: "покушай съ нами чайку, Антоша, это пользительнѣе будеть".

Ковринъ пьянѣлъ туго. Онъ долго говорилъ про себя, про свои работы, надежды и планы. Съ тѣхъ поръ, какъ поступилъ въ нахлѣбники въ Прасковьи Ермиловнѣ и сталъ "благонравенъ", изсякла фантазія, не приходить ни одного мотива.

— Прости меня, жалобно лепеталъ онъ, тряся Крупеникова за руку:— Христа ради, прости! Я тебя сюда привелъ, на эту сладкую деспотку указалъ, я тебя загубилъ! Вотъ ты увидишь: одну роль создалъ, а больше уже ничего не создашь!

"Такъ, такъ, шепталъ про себя Крупениковъ и глядѣлъ на полъ, поводя растопыренными пальцами правой руки.— Пьянчуга этотъ правъ. Такъ и будеть!"

— Какъ же быть? вскрикнулъ онъ съ ужасомъ.

— Бѣжать! И меня пускай выгонить... Я запрусь здѣсь... на пять сутокъ. Ты мнѣ приноси тихонько мою порцію. Ма ее доѣдемъ. А самъ бѣги! Будь мужчина! Хотѣ іось кутнуть во всю ширь — дай волю себѣ! И сегодня же, слышишь, ступай на тройкѣ въ трактиръ, съ барышнями, съ офицерами, съ кѣмъ хочешь. Побоишься — задушитъ тебя, голову разорветъ на части.

— Полноте, остановилъ онъ Коврина.— Вы на меня положитесь...

— Покажемъ мы нашей командиршѣ, каковы мы мальчики!..

Ковринъ засмѣялся и прилегъ на кровать.

— Евстафій Петровичъ! прошепталъ Крупениковъ:— страшно мнѣ дѣлается!

— А-а! чуть лепеча, протянулъ Ковринъ.— Страшно! То-то, паренекъ. Самое страшное, это — вотъ такія толстыя, сладкія бабы. Добра — ангелъ въ плоти — руки мягкія, голосъ мягкій... А она прибираетъ къ этимъ рукамъ. И съѣсть. Сѣдая будетъ, дряхлая, въ скаредность вдастся; а ты у ней будешь ручки цѣловать.

Слушалъ Крупениковъ и поддакивалъ ему съ возрастающимъ ужасомъ. Теперь только разобралъ онъ, что такое — эта пухлая, дряблая баба; Все "радость моя", да "жизнь моя", ни одного окрика, а глядишь — у ней въ крѣпостномъ услуженіи...

Вотъ и будешь такой, какъ Ковринъ. Лучше запить, а то голова нестерпимо горитъ и горло перехватило.

Ему сдѣлалось такъ страшно, что онъ закрылъ глаза и упалъ головой на столъ.

XXVI

Прасковья Ермиловна проснулась поздно. Ей доложила горничная, что Антонъ Сергѣича уже нѣтъ, а Евстафій Петровичъ "запершись" у себя въ комнатѣ.

Крупениковъ, не переодѣваясь, убѣжалъ изъ дому. Въ двѣнадцать часовъ онъ входилъ по лѣстницѣ трактира, гдѣ когда-то познакомился съ купеческимъ сыномъ Бурцовымъ. На него-то онъ и расчитывалъ. Тотъ, навѣрное, придетъ къ завтраку. Съ нимъ онъ "закатится" на цѣлыя сутки. Именно такого человѣка, какъ Бурцевъ, ему надо было, чтобы почиталъ его, не умничалъ, понималъ, кто съ нимъ соглашается компанію водить. У Бурцева онъ и денегъ возьметъ — разумѣется, взаймы. Своихъ у него нѣтъ. Вѣдь онъ отдавалъ жалованье ей, благодѣтельницѣ, а учительствуетъ въ ея классахъ даромъ.

Бурцева онъ нашелъ все за тѣмъ же столомъ, въ комнатѣ, гдѣ машина. На вчерашнемъ представленіи онъ присутствовалъ, "самолично" вызывалъ и много про Крупеникова въ газетахъ читалъ и радовался. Только одно ему было больно — что господинъ артистъ такъ его "забыли". И денегъ онъ самъ предложилъ, точно это была его обязанность, и сейчасъ же вынулъ три радужныя. Не теряя времени, затребовалъ онъ разныхъ водокъ и винъ и сталъ заказывать ѣду, спрашивая безпрестанно Круленикова:

— Какъ на вашъ вкусъ?

Крупениковъ умилился. Вотъ въ этой трактирной комнатѣ его въ началѣ сезона, угощалъ тотъ же Бурцевъ. Тогда онъ перебивался съ хлѣба на квасъ, ждалъ актёрика-антрепренёра, соглашался даже и въ опереткахъ пѣть. А сегодня онъ — всѣми признанный артистъ. И не Прасковья Ермиловна сдѣлала это, а его собственный талантъ! Онъ стоитъ на своихъ ногахъ. Воля ему нужна, а не помочи! Хочешь кутить — и кути! Нужды нѣтъ, что Бурцевъ — бывшій половой. Въ немъ преданность есть, съ нимъ душа на распашку.

Явился и Мухояровъ. И съ нимъ чокался онъ безъ гордости. Теперь тотъ чувствуетъ, какая между ними есть разница. Прохороводился онъ съ ними до пятаго часу, взялъ лихача на углу Литейной и поѣхалъ къ дебютанткѣ. Она только-что встала, послѣ вчерашняго ужина, сердилась на него, подразнила; но тотчасъ же простила, дала поцѣловать ручку, а потомъ и шейку. Они поѣхали обѣдать за городъ, вдвоемъ, вернулись поздно; Къ себѣ въ померъ она его не пустила, засмѣялась и сказала, ему, убѣгая въ подъѣздъ:

— Жена ждетъ. Уважать ее надо; она почтенныхъ лѣтъ...

Хмѣль гудѣлъ въ головѣ Крупеникова. Хохотъ польки взбѣсилъ его. Домой онъ не возвращался до слѣдующаго утра.

Онъ пріѣхалъ въ двѣнадцатомъ часу дня, въ приличномъ видѣ, умытый, въ вычищенномъ платьѣ и, не спрашивая, гдѣ Прасковья Ермиловна, прошелъ прямо въ классъ. Это былъ его часъ. Онъ около двухъ недѣль не давалъ уроковъ, но дѣвицамъ было сказано, что послѣ перваго представленія занятія опять возобновятся.

Четыре дѣвицы старшаго класса ждали его; въ томъ числѣ и Ариша Веселкина. По ихъ лицамъ онъ догадался, что онѣ знаютъ про его кутежъ. Урокъ начался.

Всѣ четыре дѣвицы были рослы, красивы и очень франтовато одѣты. Ариша открыла свою бѣлую шею до ямочки между ключицами: на ней былъ матросскій воротникъ. Другая, блондинка, выставляла свой бюстъ въ черномъ шелковомъ трико.

Ихъ румяныя лица, блескъ глазъ, круглыя плечи, таліи, модныя ботинки — заиграли въ глазахъ Крупеникова. И всѣ эти дѣвушки глядятъ на него съ подмывающимъ выраженіемъ, особенно Ариша Веселкина.

Въ ихъ глазахъ онъ читалъ:

"Ахъ, вы бѣдненькій! связались со старой бабой, поступили къ ней въ услуженіе и возите теперь свою тачку! проститесь съ молодой любовью! Идите просить прощенія за вчерашнее..."

Онъ старался имъ улыбаться, быть добрымъ, внимательнымъ; но его тонъ дѣлался все раздраженнѣе, онъ придирался, на одну закричалъ, Аришѣ сказалъ грубость.

— Пожалуй, отрѣзала она ему въ отвѣтъ, такъ, что остальныя слышали:— хорохорьтесь! Вы смѣлости набираетесь! Будетъ вамъ взбучка.

Онъ вскочилъ изъ-за фортепіано и хотѣлъ вывести ее изъ класса; но испугался.

А какъ вдругъ всѣ онѣ заговорятъ? Ужъ и такъ онѣ глазами срамятъ его:

"Сердишься; а мы тебя не боимся... Бѣдненькій! Продался старой бабѣ; она ему въ бабушки годится; а онъ съ ней нѣжничаетъ. Артиста, видите ли, изъ него сдѣлала, карьеру открыла... Безстыдникъ!"

Да, все это читалъ онъ на лицахъ дѣвицъ. Насилу довелъ

онъ классъ до конца. Онъ молчалъ, тревожно взглядывалъ на нихъ: щеки его горѣли, въ виски опять начало стучать, какъ послѣ перваго представленія. Неужели такъ будетъ каждый день? Ему нельзя смотрѣть на молодыхъ, красивыхъ дѣвушекъ. Онѣ ушли отъ него. Не имѣть ему молодой жены, не знать ему молодой любви!

А ей, этой сорока-пятилѣтней старухѣ, подавай настоящую любовь. Она, вонъ видите, и ребенка желаетъ имѣть. Ей судьба послала свѣжаго муженька, послѣ всѣхъ любовныхъ похожденій. Тутъ ему въ первый разъ представился вопросъ: а сколько у ней перебывало любовниковъ? И мужъ былъ, не одинъ, кажется? Отчего же онъ, какъ Емеля-дурачёкъ, никогда не поинтересовался узнать, съ кѣмъ и когда она жуировала? Ковринъ навѣрно знаетъ.

Изъ класса онъ прошелъ къ Коврину. Комната оказалась пустой, безъ постели, безъ книгъ и нотъ. Ему сказала горничная, что Прасковья Ермиловна вчера "попросили Евстафія Петровича выѣхать".

Вотъ оно что! Это его возмутило. Когда не нуженъ человѣкъ — вонъ его, на улицу! Всякая неловкость, что не ночевалъ дома, исчезла въ немъ. Станетъ онъ отдавать ей отчетъ! Ему хотѣлось сорвать на ней все, что у него накипѣло, и сейчасъ же, сію минуту...

— Гдѣ она? рѣзко спросилъ онъ у горничной.

— Онѣ въ гостиной. У нихъ гости. Военный какой-то.

Онъ и этимъ не смутился и съ возбужденнымъ, почти гнѣвнымъ лицомъ вошелъ въ гостиную.

XXVII

Вошелъ и сталъ въ дверяхъ. На диванѣ развалился генералъ съ просѣдью и длинными усами, въ эполетахъ и съ сигарой въ рукѣ. Прасковья Ермиловна сидѣла рядомъ, наклонившись къ нему, и что-то говорила въ полголоса. Она была въ капотѣ.

Крупениковѣ кашлянулъ. Генералъ поднялъ голову и оправился. Прасковья Ермиловна поднялась, тревожно взглянула на Крупеникова, и щеки ея пошли красными пятнами.

— Ахъ, вотъ и мужъ мой! Позвольте вамъ представить.

— Весьма пріятно, пробасилъ генералъ и протянулъ руку.

Послѣ рукопожатія вышла пауза.

Мужъ и жена поглядѣли другъ на друга. Она съ укоризной; онъ съ вызывающей усмѣшкой. Его глаза спрашивали: "Это что за гусь?"

— Вотъ генералъ Толкуновъ, заговорила она:— мой давнишній знакомый... еще изъ Москвы.

— А-а! протянулъ Крупениковъ и тутъ же подумалъ: — изъ старыхъ дружковъ!

— Мужъ-то у васъ, другъ мой, въ полномъ соку.

Генералъ повелъ усами и тихо засмѣялся. Отъ этого смѣха Крупеникова бросило въ жаръ.

"Какъ! и ты"?.. И онъ выругался про себя.

— Слышалъ про вашъ талантъ... Поѣду васъ слушать... Непремѣнно. Вотъ кумушка мнѣ креслецо добудетъ, а теперь желаю вамъ добраго здоровья.

Въ томъ, какъ гость поцѣловалъ руку Прасковьи Ермиловны, было что-то особенное. Она проводила его до передней. Крупениковъ не пошелъ.

Онъ ждалъ ее, стоя у печки.

— Антоша, заговорила она въ полголоса, близко подойдя къ нему: — за что ты меня такъ тревожишь?..

— Кто это? рѣзко перебилъ онъ ее.

— Иванъ Денисычъ Толкуновъ.

— Вы съ нимъ какъ же? Изъ старыхъ дружковъ? а?

— Что ты, Антоша?

— Отвѣчайте! я васъ спрашиваю, не потѣхи ради...

Прасковья Ермиловна протянула ему руку. Онъ отвелъ.

— Какъ тебѣ не грѣхъ такъ, Антоша!..

Но онъ смотрѣлъ на нее злобно и пристально. Подъ этимъ взглядомъ она больше и больше смущалась.

— А! вскрикнулъ онъ. — Такъ и есть. Чего же вамъ отъ меня прятаться? Пріѣхалъ ненарокомъ старый дружокъ. Бываетъ. Такъ бы и сказали. Со мной нечего церемониться. Прикажете съ визитомъ къ нему или на побѣгушки? Свѣжаго муженька добыли — вотъ что его превосходительство изволилъ найти.

Она не возражала. Да, это былъ, дѣйствительно, первый человѣкъ, научившій ее, что такое любовь. Генералъ былъ тогда моложе, хорошъ собой, но такъ же пошлъ, какъ и теперь. И она глупа была. Прошло около двадцати лѣтъ. Вотъ онъ пріѣхалъ къ ней по пріятельски и сейчасъ тутъ же пускаетъ свои офицерскія прибаутки, по старому: поздравляетъ съ молодымъ мужемъ, говоритъ сальности. Развѣ она стала бы скрывать свое прошедшее? Только рѣчи объ немъ не заходило. Никто не имѣетъ на нее правъ! И этого-то генерала она въ другой разъ не пуститъ. Онъ вошелъ, не назвавшись.

Все это она могла бы сказать Антошѣ; но не о себѣ ей надо думать, а объ немъ, объ его силахъ, здоровьѣ, талантѣ. Вотъ уже около мѣсяца, какъ онъ — внѣ себя.

— Радость моя! тихо заговорила она: — успокойся ты, ради Бога! Ну, настоялъ на своемъ, убѣжалъ, кутнулъ... И довольно, завтра тебѣ пѣть, приди ты въ себя!.. Не губи своего таланта!

Ея руки хотѣли обнять его; но онъ вырвался, отбѣжалъ къ окну и крикнулъ:

— Оставьте меня! Я самъ себѣ гадокъ! Не мужъ я вашъ, а хамъ, рабъ!.. рабъ!..

Съ нимъ сдѣлался припадокъ. Прасковья Ермиловна не растерялась. Докторъ объявилъ, что его нельзя отпускать одного изъ дому. Нечего было думать объ участіи въ спектаклѣ. Надо было приставить къ нему двухъ сидѣлокъ.

Когда жена, улучивъ минуту, спросила его:

— Антоша, что тебѣ угодно, радость моя?

Онъ обернулся спиною, закрылъ глаза и простоналъ:

— Похоронили, заперли! Надѣвайте кандалы! Только не кажитесь вы мнѣ на глаза! Задушу!

XXVIII

Первый часъ ночи. Въ спальнѣ Прасковьи Ермиловны горитъ лампадка. Постель стоитъ нетронутой.

Вотъ уже десять дней, какъ Крупеникова не выпускаютъ изъ дому. Онъ порывался бѣжать. Его заперли, ѣздить докторъ — психіатръ. Онъ обнадеживаетъ; но у ней самой надежда плохая. Мужъ не выноситъ ея. Какъ только она войдетъ къ нему въ комнату, онъ забьется въ уголъ и молчитъ или начинаетъ кричать и браниться.

Черезъ доктора она узнала, что Антоша считаетъ ее своимъ заклятымъ врагомъ, увѣряетъ, что она украла у него талантъ, оклеветала передъ начальствомъ, хочетъ "ѣздить на немъ верхомъ" и выжимать сокъ, что онъ не можетъ уже пѣть — она заговорила его голосъ.

Манія преслѣдованія пришла вмѣстѣ съ маніей величія. Онъ говорилъ о себѣ, какъ о великомъ артистѣ, безвременно погибшемъ. И каждый оперный день, четыре раза въ недѣлю, онъ порывался бѣжать. Человѣкъ, приставленный къ нему, удерживалъ его, потомъ запиралъ. Начинался крикъ, стукъ въ дверь, битье мебели. Она не смѣла показываться въ эти часы.

Все расклеилось. Мѣсто Коврина, попавшаго въ клинику отъ бѣлой горячки, занималъ піанистъ изъ самыхъ посредственныхъ. Репетиціи пѣнія она должна была вести сама; но у ней голова шла кругомъ; она вздрагивала безпрестанно и прислушивалась, нѣтъ ли шума въ комнатѣ мужа. Докторъ совѣтовалъ помѣстить его въ лечебницу. Она не соглашалась.

Прасковья Ермиловна сидѣла въ кофтѣ у своего письменнаго стола. Въ ночномъ чепчикѣ, она смотрѣла совсѣмъ старухой. Двѣ глубокія морщины легли по обѣимъ сторонамъ носа, подбородокъ обрюзгъ и раздвоился, въ бѣлокурыхъ волосахъ выступила замѣтная сѣдина.

Женщина, та, что такъ часто "ловилась" на мужчинахъ, столько отдала имъ на своемъ вѣку — умерла въ ней. Тамъ, черезъ корридоръ, не любовникъ ея, не мужъ, а сынъ: такое къ нему чувство. Никого она такъ чисто и безкорыстно не любила, и что вышло?.. Погибъ отъ нея, отъ ея слабости: дала себя обойти, забыла, что она его на двадцать лѣтъ старше, не съумѣла быть умной нянькой...

Уже нѣсколько дней, какъ она стала чувствовать какую-то неловкость: подъ ложкой сосетъ, по утрамъ тошнота. Она не обращала на это вниманія. Но это странное нездоровье не проходило. Спросила она у доктора. Тотъ повелъ губами и шепнулъ ей:

— Да вы беременны!

Она испугалась, замахала руками, Какія глупости! Двадцать лѣтъ слишкомъ знаетъ мужчинъ, имѣла одного ребенка молодой дѣвушкой, и вдругъ, почти старухой, сорока слишкомъ лѣтъ... Глупости!

Но эти "глупости" давали себя знать. Сегодня она побывала у одной "кумы". Кума объявила ей, что это "такъ" и уже "во второмъ мѣсяцѣ".

Сначала она обрадовалась, но не надолго. Ее умилила мысль кормить, няньчить, выходить ребенка отъ Антоши. Но тотчасъ затѣмъ она впала въ большое уныніе... Онъ — безумный! Когда началась болѣзнь? Кто можетъ это опредѣлить? Онъ и до репетиціи новой оперы уже бывалъ внѣ себя...

И его ребенокъ будетъ такой же.

Она съ ужасомъ оглядывала свою спальню, потонувшую въ мягкой мглѣ, еле освѣщенную бѣлымъ щиткомъ лампады. Да, родится въ отца. Такъ должно быть: кто моложе и сильнѣе, въ того и родятся дѣти, это она не разъ видала.

Какъ быть?.. Пойти на воровское дѣло, попросить у кумы хорошаго снадобья? Нѣтъ! Этого она ни въ жизнь не сдѣлаетъ! Надо ждать, выкормить и до самой смерти бояться, что дитя вдругъ свихнется, и на вѣки. Отецъ будетъ въ это время сидѣть въ халатѣ, на девятой верстѣ, не хватитъ, быть можетъ, средствъ держать его въ лечебницѣ. И она попадетъ туда же, не выдержитъ и ея натура...

А пока — она мать...

НЕИЗЛЕЧИМЫЕ

I

— Сейчас, сейчас! — говорила извозчику, торопливо роясь пальцами в старком портмоне, барыня, немолодая, в серой накидке и несвежей шляпе.

Она близоруко глядела внутрь портмоне и не могла сразу добыть оттуда пятиалтынный.

Извозчик терпеливо ждал, покрытый своей кожаной пелеринкой. Только что перестал идти мелкий дождь, ливший с утра.

Дама нашла наконец монету и подала ее извозчику, продолжая щурить свои большие впалые глаза с побурелыми, утомленными веками.

Легкая проседь проглядывала сквозь темную вуалетку.

Фигура была еще довольно стройная и сзади ее приняли бы за молодую женщину. Лицо очень поблекло и желтоватая кожа морщинилась на висках и около углов рта.

Подъезд с двумя ступенями, без швейцара, вел по длинному, плохо освещенному коридору в дешевые меблированные комнаты, занимавшие два этажа.

Она жила во втором.

Дверь в него открывалась с жидким звуком плохо прибитого колокольчика. В коридоре стояли густые сумерки. Почти ощупью надо было пробираться в конец его, где, против кухни, она занимала узкую комнатку за пятнадцать рублей, с двумя самоварами.

Запах керосина, щей и ваксы охватывал всякого входящего.

Лидия Петровна Ярославцева — так звали постоялицу дешевого гарни, в одной из улиц Песков — жила тут всего вторую неделю и ни с кем из соседей своих не была знакома. Ее соседка на другой стороне стояла в дверях и ждала прислуги.

Ярославцева тотчас же распознала в ней немку, откуда-нибудь из Ревеля или из Риги.

Рослая, с чудесным станом, ярко-русая, она стояла в своей отворенной двери и с явственным акцентом кричала:

— Скорей... Маша... Пфуй!.. Как копается!..

На ней был красный фланелевый пеньюар с открытыми рукавами и небольшим вырезом на ее высокой и белой, как кипень, груди.

Ярославцева, помимо своей воли, подумала:

"Она, кажется, из таких"...

И с этим словом "из таких" затворила она за собою дверь и стала снимать свой поношенный серый плащ.

— Из таких, — повторила она уже с упреком себе.

До сих пор она не может отстать от этой барской, неопрятной повадки: сейчас же отнести какую угодно женщину к известному разряду; если не к падшим, то к подозрительным...

Ну, а она разве на иной взгляд тоже, в своем роде, не "из таких"?

Этого еще мало, что она сама считает себя нисколько не падшей, даже не заблудшей, а просто обломком жизни, каких сотни и тысячи везде, у нас и по всему свету, от Эйдкунена до крайних прерий Америки и трущоб Австралии...

Ярославцева сняла свой плащ, присела к столику, где стояло номерное тусклое зеркальце, и стала вынимать длинную булавку из своей прошлогоднего фасона шляпки.

Потом глаза ее повернулись к правой стене, где у двери в следующий номер, на двух облезлых стульях, стоял ее дорожный сундук: все тот же, послуживший ей более десяти лет. Она его купила в Вене за двенадцать гульденов. Был он песочного цвета, а теперь неизвестно какого, со множеством ярлыков, с багажными номерами и отельными, цветными. Имена: Берлин, Париж, Киссинген пестрели на этих ярлыках.

Более десяти лет тянулась скитальческая жизнь... А перед тем было тоже не мало переселений, с места на место, по России... Жила она и за Уралом, и в Новороссии, и в Бессарабии...

— Пфуй!..Маша!.. — раздался звонкий голос немки. — Какая гадость!..

Ярославцева опять пристыдила себя за то, что у нее вырвалось про себя замечание: "из таких".

Кажется, ее личная доля должна бы ее сделать глубоко терпимой ко всяким видам падения... И можно ли сейчас же приклеивать ярлыки, как вон те билетики, к кому бы то ни было: даже к злодею, даже к заведомо погибшей женщине?..

Есть что-то заложенное в тебя спервоначала, в виде основного инстинкта, и это, впоследствии, будет зваться "темпераментом"... Он и тебе самой в тягость, когда проходит любовный жар и чад, но раскаяние бывает и у закоренелых преступников, или, по крайней мере, сознание того, что их злодейства возмутительны и гнусны.

Не хочет она уходить за эту модную траншею: за оправдание всякого хищничества, каждой гнусности научной теорией... И она читала Ломброзо; да еще в подлиннике и в самом Турине, и видела эту знаменитость... Он вместе с ней, на другом столике, ел мороженое в кондитерской, под сводами, на площади, где старый королевский замок.

Но что же делать, если в зародыше, в какой-то ничтожной ячейке уже заложено ядро всего, что темперамент будет расшивать по канве жизни?..

И она, и ее брат — разновидности одного зародыша... Только ее пыл охватывал в виде влечения, прежде всего, к человеку, а потом уже к мужчине... Может быть, ее мозг вечно обманывал ее... Ведь выносила же она мужчину, и не одного, за двадцать слишком лет?.. Целых четыре страсти, в разные полосы ее жизни, владели ею. Почем она знает?.. Какой-нибудь выученик того же туринского чудака — попади она к нему в качестве "субъекта" — доказал бы, пожалуй, что никаких духовных стремлений в ней и в помине не было, а просто "гистерия" на самой заурядной, чувственной подкладке.

— Что же это я?.. — спохватилась Ярославцева, встала и начала прибирать на столе, где у нее лежало несколько книжек, рядом с картоном и дорожным сафьянным саком.

Целую неделю ходила и ездила она по улицам Петербурга. Сегодня только добилась результата...

Работа ей обещана и, кажется, прочная... Через четыре дня,

она приступит к переводу большой книги с норвежского. Нынче на скандинавских писателей — мода, а она свободно читает на обоих языках — и норвежском и шведском. Как переводчицу и заграничную сотрудницу журналов и газет, ее знали в нескольких редакциях. Поэтому все сравнительно легко и устроилось... И цену положили хорошую: тридцать рублей с листа... Она может доставлять пол листа в день. Прежде могла переводить и по целому листу. Случалось получать по семи рублей от таких подрядчиков, которые удерживали себе восемь, и работа считалась под их редакцией.

Но раньше, чем она не оперится и не возьмет квартирку от жильцов, тихую, здесь же на Песках, и немножко не обновит своего туалета, она не явится к брату. Да его и нет еще в Петербурге. Семейство — здесь. Этих "дам" она совсем не знает... С ним не видалась много, много лет; вряд ли бы и узнала, встретясь на улице. И переписки между ними не было уже более десяти лет.

А когда-то она так страстно увлекалась его умом и характером...

II

Аркадии Петрович Самородин встал с тяжелой головой. Он знал, что к обеду у него разыграется жестокая мигрень и он будет лежать пластом на широком диване своего обширного кабинета, где у него так уютно и красиво, где стены увешаны, почти исключительно, картинами, гравюрами и акварелями с женскими головками и торсами...

Спальня его — рядом с кабинетом, узкая, довольно душная комната с одним окном. Он не хочет спать в кабинете — из-за воздуха и декорума. Уже больше десяти лет, как он спит отдельно от жены своей, Анны Алексеевны. Таким только путем мог он отделаться от всех тошных "ненужностей", неизбежных при совместном "опочивании". Он любит употреблять это слово с брезгливым оттенком. Давно, чуть не со второго года супружества, он стал тяготиться всем тем, что женщина вообще вносит лишнего и тревожного, раздражающего и вздорного в жизнь, когда с раннего утра и поздно ночью вы должны выносить ее нервы, ее болтовню, или ворчанье, или подозрения...

По части подозрений Анна Алексеевна имела тонкий нюх.

Особенно трудно было провести ее, если она нюхала что-либо в буквальном смысле слова.

Поведет носом и скажет: "От тебя пахнет опопонаксом. Откуда это"?

И так посмотрит, что надо непременно что-нибудь присочинить...

"Откуда"? Он каждый раз прекрасно знает, откуда...

Потом он стал умнее... Возвращаясь домой, он усиленно душился своими собственными духами. И тогда она скажет, в виде размышления, вслух:

— Удивительно, как ты сильно душишься! К чему это?

Вспышки бывали в первые годы супружества. С годами Аркадий Петрович становился все осторожнее и тоньше в искусстве хоронить концы.

Разве жена его могла выставить хоть один положительный факт, что-нибудь веское, очевидное? Разве его поведение, как мужа, отца или общественного деятеля — скандально? Ни до какой истории он себя не допустит. Декорум всегда будет соблюден. И никогда он не даст себя затянуть во что-нибудь такое, что ставит на карту семейный очаг. Есть вещи, которые "грех" делать.

И он их никогда не делал. Не думает, чтобы и стариком дал себя увлечь до такой степени.

Семья его обеспечена. Он на нее работает. Доход с капитала жены удвоил. Детей по миру не пустят. У дочери его, Бетси — прекрасное приданое. И сын, Боря, учится в привилегированном заведении и карьера его обеспечена. Чего же больше?

У него есть свои "карманные" деньги. Прежде они были меньше, теперь стали все расти... И он может себе позволить расходы, неизбежные в каком угодно деле... Был помоложе, тогда расходы на женщин сводились на так называемые "faux frais"; тогда еще слава Богу! — в обществе — можно было находить милых женщин, ищущих понимания, оценки своих качеств. А такие оценщики, как он — редки. Никто из людей его поколения не потратил столько ума, вкуса, усердия, тонкости — на культ красоты и ее проявлении в существе женщины, как Аркадий Петрович Самородин.

Нынешние любители женщин — циники, какие-то обжоры, величайшие эгоисты, с отвратительным тоном. Они совсем и не любят женщины; все то, чем природа оделила ее, в отличие от другого пола. Для них нужны: наездницы цирка, грубые чувственные бабенки с ужасными манерами, или скандальные знаменитости, которых "котируют", точно на бирже.

С годами, конечно, "карманных" денег он на себя стал тратить больше... Что же делать? Закон природы! И ему надо подчиняться... Нельзя быть таким жалким себялюбцем... Мужчины требуют от женщин красоты, грации — первее всего — свежести, и здоровья, неувядаемой молодости... А они, в свою очередь как будто не имеют таких же прав на точно такие же требования?..

И пришла такая пора (увы! раньше, чем он ждал) — вот уже более пяти лет — как без известной "подтопки" дело пошло бы очень плохо... Одной общей представительности мало...

Аркадий Петрович, проснувшись сегодня — как-то заново и обидно — почувствовал, что одной общей представительности мало...

Выйдя в кабинет, в красивой тужурке из светло-серого сукна — он почти с гримасой подошел к зеркалу над мраморным черным камином и — сначала вправо от часов, потом влево — глядел на себя.

Никогда еще лицо его не казалось ему так землисто и морщинисто — так "старо"... Да, старо — другого слова нечего придумывать...

Лицо, положим — интересное... Сейчас можно подумать, что он был когда-то очень хорош. Но и только... Нос раздался к низу, как будто раздвоился и красен... Зубы — давно уже вставные в верхней челюсти, посредине — и дантист не сумел сравнять их совершенно со своими: они светлее и не совсем той формы... Прежде это ему не бросалось в глаза, как теперь... Волосы тоже давно седеют, но это скорее к лицу. С тех пор как они стали седеть, Аркадий Петрович бреется и носит только усы, длинные и щеткой. Но и их цвет — "явно подозрительный"... Много переменил он красок: и "Меланожен", и "Оллен", и "Маскара", и "Зуав"... Остановился на "Оллене", который возит из-за границы. В России эта английская краска не допущена. И за дело: она вредна, на металлической основе и вызывает прыщи на щеках. Но она держится хорошо и дает довольно похожий оттенок.

Одно еще остается: его рост, походка, моложавая худощавость туловища и прямизна ног. Сзади все принимали его за молодого человека, которому еще не минуло тридцати...

Аркадий Петрович отошел от зеркала и, пройдясь по кабинету, остановился у широкого зеркального углового окна.

На дворе — слякоть... Внизу — с высоты второго этажа — уличная утренняя жизнь ползла, под ним, промоклая и тусклая, с несмолкаемым лязгом колесных шин о разъезженную мостовую...

Все это было бы ничего. Человек, знающий, в чем состоят краса и вкус жизни, не станет жаловаться на климат... К чему климат такому городу, как Петербург? Это одна претензия!..

Положим, приятель его, проживающий больше на острове Майорке, говорит всегда, попадая в Петербург:

"У вас, господа, не климат, а метеорологическое недоразумение".

Все это вздор! Если бы он сам не был принужден вставать в девять часов и заниматься делами дома и в двух местах своей частной службы, — он бы не желал видеть другого света, кроме света лампы, канделябра, газа или электричества. Только при искусственном свете и есть жизнь... Голова разгорается, фантазия будит милые образы, полусвет, в углах богато и уютно убранного кабинета, ласкает вас лучше глупого солнца, неизменно жарящего, как ему полагается — с восхода до захода — там, в так называемых "благословенных" странах, хоть на той

85

же Майорке его приятеля, где должна душить смертельная тоска, если женщины — плохи...

Что гвоздит и ноет в груди Аркадия Петровича, это то, что он "не пристроен". Вот уже больше трех месяцев, как у него ровно ничего нет... даже в перспективе... К весне произошел разрыв с приятельницей его жены, и та продолжает бывать у них. С чьей стороны вышло так — с ее, или с его — сказать трудно, но он уже не "клюет"... Французское выражение "donner sur la peau" никто лучше его не понимает... У него есть даже ощущение вроде гусиной кожи, когда он встретит женщину, говорящую ему нечто...

И вот безвкусно тянется полоса томительного жданья.

Он отошел от окна, и только что хотел позвонить, приложившись к пуговке электрического звонка, в виде груши, подвешенной над столом у лампы, как его камердинер — единственный человек, который мог, в разное время, кое о чем догадываться, — вошел и подал ему молча карточку. На ней он прочел:

"Лидия Петровна Ярославцева".

III

— Как? Ты? Лида!.. Прямо с неба свалилась!..

Брат усадил сестру на диван, придерживая ее за руку и осматривая ее.

Они не видались более десяти лет. И давно у них не было переписки...

— Да, я, — выговорила сестра и, бросив на него более пристальный взгляд, она вполголоса заметила: — Мы бы ведь не узнали друг друга, встреться мы на Невском...

— Будто я так постарел?

— Не больше меня, Аркадий, но постарел.

— Как же быть!

Он пожал слегка плечами.

Это внезапное появление сестры не расстроило Аркадия

Петровича — скорее обрадовало, но он под ним чувствовал нечто...

Вероятно, она явилась совсем разбитая, в виде обломка тех бурных прожиганий жизни, которые за нею всегда водились...

По ее внешности можно было судить только о том, что ее дела не в блестящем положении и что она ужасно потерта в лице. Туалет не нищенский, однако показывает, что она давно уже не живет жизнью женщины из общества, в тех привычках, к каким с детства была приучена.

— Откуда же ты собственно? — спросил Самородин, выпуская руку сестры.

Тон у него был родственный, с неуловимым оттенком, как будто он стал сейчас гораздо моложе летами и положением.

Так всегда бывало, когда они росли. Лидия была всего на два года старше его, но, когда он еще ходил в мундирчике, ее уже вывозили... И она умела с первых лет их общего детства взять некоторое преобладание над ним, — мягкое, очень для него лестное, потому что она с его студенческих лет всегда становилась на его сторону, находила его наружность интересною, даже льстила ему, без всякой, однако, задней мысли... Ей всегда надо было увлекаться чем-нибудь и кем-нибудь, и почти всегда себе во вред.

И долго она не могла отстать от таких "engouements" к своему любимцу. Только более десяти лет спустя, когда она уже сложилась в то, что она теперь, слетела с нее всякая идеализация его натуры, инстинктов, рода жизни и всего того, что он выказывал, как член общества, как отец, как руководитель семьи, как муж...

На вопрос, "откуда она?" Лидия ответила не сразу.

Она усмехнулась и отвела голову немножко вбок.

— Из разных мест...

— Из Европы... или из Америки?

— Почему же из Америки, Аркадий?

— Да ведь я ничего не знаю!.. Ты меня и всех моих вычеркнула из своего существования...

Он выговорил эти слова без горечи, скорее с усмешкой на своих красиво вырезанных губах чувственника...

— Что же старое перебирать, Аркадий?.. Ты помнишь... Мы встретились с тобой во Флоренции. Тебе не понравилось, как я жила... Ты находил...

— Разве это продолжается?..

— Нет, — протянула она неопределенным звуком.

— Что же?.. Умер?..

Лидия помотала головой.

— Ушел? Бросил?

— Разве это может быть иначе с вами, мужчинами?

— А с вами, женщинами? — шутливо спросил он.

И меняя тон, тотчас же сказал вполголоса:

— Пора бы, *Лидия* и забастовать, как ты думаешь? Ведь ты же одна...

— Совсем одна.

— Как так?

Аркадий Петрович быстро встал.

Он отлично знал, что у нее были дети. От мужа, законного, был мальчик. И за границей явилось чадо... Он помнил эту девочку, но хорошенько не знал никогда, от кого она.

— Я бобыль! Макса давно унесла оспа.... *Лиля* — тоже умерла...

— Когда?

— Два года тому назад.

— Как же было, *Лидия*, даже не дать мне знать?..

Он опять присел к ней на диван.

— Зачем, Аркадии?.. Ты знаешь меня, я не люблю ничего формального, двойственного... Тебя я не упрекала... Ты — со своими взглядами, — я со своими. Ты прав: жизнь меня потрепала, и по моей вине... В нас обоих темперамент брал верх над головой.

— Во мне — не думаю.

— Тем лучше, — полушутя откликнулась она. — С тех пор как ты женат, ты ушел в свою жизнь... Зачем же бы я стала писать тебе жалобные письма? Зачем? Из светского приличия? Как строго соблюдается в Старой Европе? Непременно на больших листах с траурным ободком, шириной в целый дюйм, чтобы получить une bonne lettre de condoléance от моей belle soeur?..

Анну Алексеевну Самородину она еле помнила из того времени, когда брат только что женился, и с тех пор не видала ее, не имела понятия и о детях.

— Вот и теперь, Аркадий, — продолжала Ярославцева, усаживаясь на диван в более покойную позу, — я не хотела являться раньше известного срока...

— Ты, стало — давно здесь?

— С конца августа.

— Ах Лидия!

— Так лучше!.. Я приехала сюда с пятью рублями.

— И как же ты?..

— Так.... Я, мой друг, никаких подачек не люблю, даже и родственных. Пока есть голова и руки, буду держаться. И держалась, могла бы и за границей прожить... Да стало как-то безвкусно...

Глаза брата досказали ей: "Конечно, любвей нет, и стала тоска набирать".

Лидия точно поняла его мысль и прибавила:

— Надо и честь знать... На личную жизнь слишком много отдано. Пора и душу спасать... Да и то еще... Все, кого я видела из русских, так говорили мне о том, что у вас делается, что меня потянуло еще больше...

— Разве у нас так соблазнительно?

— Нет, напротив... Но теперь-то и надо всем быть в сборе... у кого еще осталось что-нибудь за душой...

Лоб Аркадия Петровича слегка наморщился.

— Пора бы и по этой части забастовать.

— По какой? Насчет идей, которым ты никогда не сочувствовал, Аркадий? Успокойся. Сивку укатали крутые горки. Идеи остаются при мне, Аркадий. Много и в них посмякло.

— A la bonne heure! — вырвалось у брата.

— Надо дома умирать.

— Уж и умирать... Я не собираюсь.

— Я и не приглашаю... Так позволь мне договорить...

Приехала я с пятью рублями... Являться просительницей?.. Только смущать тебя и твоих дам... Я переждала... Теперь я довольна своим положением.

— Как же ты устроилась? — спросил Аркадий Петрович, подавляя в себе вздох облегчения.

— Недурно. В гарни... Я привыкла, работу нашла и, кажется, прочную.

— По литературной части?

— Пошла мода на скандинавскую литературу...

— Насчет Ибсена? Знаю.

— И других. Я могу легко зарабатывать до трехсот рублей.

— В месяц? Это прекрасно.

Брат протянул ей руку. Оба они поднялись.

— Надо тебе теперь познакомиться с Анной и Бетси. Не хочешь ли чаю?

Самородин взял ее за талию, и они стали ходить по кабинету.

IV

Через полчаса Аркадий Петрович был опять один, в своем кабинете.

Сестра удалилась, не повидавшись с его "дамами". Они еще не вставали.

Он и не настаивал на том, чтобы Лидия дожидалась их. Лучше было их предупредить и, предварительно, успокоить Анну Алексеевну. Она могла бы взволноваться внезапным появлением "беглой сестры". Сейчас начнет тянуть деньги из брата и компрометировать всей своей личностью и своим прошлым.

А так дело обойдется гораздо ловчее. Он представит все в приличном виде. Разумеется, надо будет кое-что затушевать. Да он и не допрашивал сестру о всех ее похождениях... К ней надо иметь жалость.

Беспорядочность ее прежней жизни известна Анне Алексеевне, но, за последние годы, никогда о ней не говорилось в семье, и вряд ли кто из их теперешних знакомых знал, что у него была сестра, живущая за границей, по фамилии Ярославцева. И родственников ее мужа он тоже не встречал уж очень давно; он даже забыл, когда это было...

Аркадий Петрович возбужденно прошелся по кабинету и позвонил.

— Когда барыня с барышней выйдут в столовую пить чай доложить мне, — сказал он человеку.

Приезд сестры, после того, как она оказалась не нищей, не мизерабельного вида и тона, поднял в нем великодушное настроение. Ему захотелось быть с ней добрым и понимающим, показать ей, что он снисходит к ее "женской" слабости и, если не мирится с ее прошлым, то объясняет его.

Разумеется, вздумай она и теперь, старухой, увлекаться, влюбись в какого-нибудь "лохматого" и начни всаживать в него свой заработок, он будет сначала отечески-внушителен, потом строг и даже беспощаден. Пускай не прогневается. Тогда он ей торжественно объявит:

"Мой дом для тебя отныне закрыт, Лидия! Я не могу вносить скандал в очаг, где у меня взрослая дочь и сын подросток".

Не говоря уже о том, что Анна Алексеевна первая потребует от него — не принимать сестру.

"Нынче, — думал он, — столько шатается этих лохмачей, готовых под предлогом сродства душ и служения святому делу поступать на иждивение к старым блудницам".

Сегодня у него есть дело на Острову. Он накануне сказал своему домашнему секретарю, чтобы тот пришел только после обеда.

Он опять позвонил и приказал подать себе одеться в спальню, откуда вышел не раньше, как минут через двадцать, с освеженной головой, с налетом пудры на щеках, в темно-синем костюме и галстухе — широким бантом, цвета среднего между сиренью и резедой...

Душился он, как всегда, очень сильно. Но, прыская на себя из стклянки духи, он с грустью подумал, что так сильно душиться не было никакой положительной надобности.

Никаких "диверсий" у него нет, и теперь, по уходе сестры, он еще сильней почувствовал полную пустоту своей интимной жизни, той жизни, без которой все делалось для него травой безвкусной. И что-то смутно ему подсказало, что, будь у него "хоть что-нибудь" на очереди — "sur le chantier", как он любил выражаться, приезд сестры, с которой у него все-таки же кровная связь — многому бы помогал.

Его лета и положение не позволяют задушевно болтать, даже с мужчиной его лет... Еще недавно у него был приятель и они поверяли друг другу свои "peccadilles..." Того в несколько дней унесло петербургское поветрие. Заводить новых конфидентов поздно. Он и не любит лишней болтовни... Приятно, изредка, сообщение какого-нибудь "штриха", где женская натура покажет себя в особенно привлекательном или, напротив, ехидном свете. Или же поделиться тонким смакованьем какой-нибудь подробности наружности и темперамента.

А Лидия, нужды нет, что она всегда носилась с своим идеалом, должна быть очень опытна...

И все-таки Аркадий Петрович принужден был еще раз сознаться, что пустоту он испытывает томительнее той, какая и прежде бывала, в промежутках между "диверсиями", от тягостей супружеской жизни.

Он совсем было собрался пойти на половину жены, но, на пороге кабинета, выходившего главною дверью в переднюю, остановился и даже приложил палец к переносице.

Не благоразумнее ли будет ничего не говорить дамам и самому сначала побывать у сестры, убедиться, что она говорит правду, посмотреть, в какой обстановке живет?.. Кто ее знает: быть может там уже есть какой-нибудь "lui" — выговорил он про себя, по-итальянски. Это слово обозначало у него то, что зовут обыкновенно "Альфонсом", а по-русски оно звучит и посильнее...

Конечно так благоразумнее... Уж чего другого, а такта ему не занимать стать. Тактом и тонкой осторожностью все и держится, слава Богу, в его семействе. И Анна Алексеевна, до сих пор не желающая отказываться от своих "прав", не могла и не может иметь прямого повода сделать ему форменную сцену.

Да, важных улик против себя он не давал ей в руки...

В начале двенадцати, Аркадий Петрович ехал в своем одноконном низком фаэтоне на резинах по направлению к Острову.

Деловой визит взял у него около часу, позавтракал он у Кюба, за тем столом "финансистов", который дает тон всему ресторану, с полчаса побыл в правлении, а часу в четвертом, его фаэтон, на *лихих рысах*, покачиваясь и издавая заглушенный звук, подъезжал к мостику Лиговки и взял потом в сторону Греческой церкви.

Лидия оставила ему свой адрес... Он и не рассчитывал найти ничего, кроме плоховатых меблированных комнат. Но сестра прибавила, — что думает скоро взять квартиру от жильцов, там же, на Песках, поближе к Невскому.

Входя по лестнице, Аркадий Петрович морщился... Надо, чтобы Лидия поскорее выехала отсюда. У нее всегда была склонность к беспорядочной цыганщине. Но раз она зарабатывает до трехсот рублей в месяц, — с какой же стати ютиться "в трущобе"?

В том этаже, где жила она, он долго ходил по темному коридору, тщетно зовя прислугу, и собрался уже уходить, брезгливо недовольный.

Одна дверь отворилась и женский молодой голос, с явственным немецким акцентом, спросил:

— Вам кого нужно, месье?

Аркадий Петрович воззрился в немку и от приятного изумления не сразу ответил...

— Вы здесь живете? — тихо спросил он, подходя к ней. Голос его мгновенно принял оттенок нежной внимательности.

— Да, месье. Вы ищите?

— Госпожу Ярославцеву.

— А! Это номер десятый... Она ушла.

— Вы наверно знаете?

— О, да! Я видела.

Перед ним высился стройный стан блондинки. Ее шея, голова, волосы, руки, книзу обнаженные, заиграли в его глазах.

"Живет здесь, в этих номерах, значит нуждается, ищет", — подумал он, и, с наклоном головы, сказал мягко и вкрадчиво:

— Благодарю вас... Я зайду после.

V

Было воскресенье. Боря, сын Аркадия Петровича, сидел в столовой с сестрой Бетси, в ожидании выхода матери. Боря уже приготовился к выезду. Воротник его мундира блестел золотыми петлицами и совсем подпирал ему щеки. Он носил его непомерно-высоким, по прусскому образцу; также и фуражку, когда был в заведении. И фуражка, у него и у всех кто себя "уважал" в его курсе, кроилась "прусская"; с высоким околышем и узкой тульей, вошедшая в моду — не дальше последней весны...

Лицо у Бори — овальное, тонкое, нос удлиненный и с насмешливыми ноздрями; на верхней губе заметный пушок и начало бакенбард под вьющимися слегка висками. Он считается между товарищами "интересным" и его умение носить мундир ценится всем классом. Хотя тратить он и не может так, как многие товарищи, и даже побаивается долгов, но ни у кого из богачей нет такого шика в размерах цветных обшлагов, длине мундира и покрое панталон.

Бетси гораздо его старше — и, до сих пор смотрит на себя, как на его воспитательницу... Он часто отделывается шутками, а иногда дает ей довольно язвительный отпор, но они все-таки ладят... Сестра на него не похожа... Он — брюнет, сухой, жилистый, среднего роста, она — длинная, худая блондинка с перетянутой талией и падающими узкими плечами. Бетси берет безукоризненной английской выправкой, изящным говором, на четырех языках, и, вместе с светскостью, желанием показать, что ей не чужды "допустимые" идеи, и она способна понимать "всякую книжку".

Она — бывшая "трубистка", или "трубичка", как иногда

называет ее Боря, когда она ему надоест своими сентенциями. Бетси — некрасивая, лицо длинное, выдавшийся подбородок, мелкие прыщики на лбу, глаза — с красноватыми веками, руки слишком длинные и кисти их с плосковатыми ногтями.

Но она не боится того, что останется "девой..." У нее так много такта и понимания людей; она так хорошо одевается и у нее такой акцент по-английски, что и в тридцать лет она сделает партию, — выйдет за какого-нибудь немолодого холостяка: вице-директора, прокурора, полкового командира, если согласится сделаться "военной дамой", что, на ее оценку, слишком банально.

Боря глотает чай из стакана с подстаканником отрывочными глотками, причем смотрит сосредоточенно вглубь.

— Бетси! — окликнул он. — В каком она вкусе?

— Кто? — отозвалась Бетси, налив себе чашку.

— Да тетенька?

Обыкновенно они говорили по-французски, кроме разговоров семейных, которые, почему-то, велись всегда исключительно по-русски.

Бетси прищурилась, и ее бескровные губы повело улыбкой.

— Так... Прилична... Но уж старуха... Видно...

Она остановилась.

— Кутнула?.. Ха, ха...

— Нам до этого нет дела, Борис, — протянула Бетси имя брата, напирая на чистый звук "о", который у нее выходил с французским accent circonflexe.

— Зачем же так секретно? — спросил Боря стихом из "Горе от ума", единственной русской комедии, какую он "признавал", да и то, потому больше, что ее любил сам Пушкин, а Пушкиным он не прочь бы быть, верный традициям своего заведения.

Бетси пожала плечами.

— Она прилична... как может быть прилична особа...

— После разных карамболяжей и шлянья по загранице с господами анархистами?..

— Этого, кажется, не было... И раз она принята в нашем доме, совсем лишнее говорить о ней в таком тоне...

— Ну уж, пожалуйста, без прописей, — огрызнулся Боря, пропустил в горло последний глоток чая, откинулся на спинку стула и стал старательно, сжав брови, разглядывать фасон своих сапог. Ему третьего дня принесли сапоги не с острыми, а с четырехугольными носками, немного смягченными по углам... Только он не знал, можно ли их называть: "des bouts Carnot", как бы ему очень хотелось, или же "bouts Carnot" — другие, покруглее, хотя и такой же ширины.

— Ну а как мама ее приняла?

— Ничего... разумеется, не так, чтобы особенно, но прилично... — выговорила потише Бетси.

— А не станет эта тетенька тянуть от отца субсидии?.. Ведь она, я думаю, — совсем... — Боря хотел сказать "нищая", но воздержался и кончил свою фразу выразительным жестом правой ладони.

— Она живет литературой.

— Maigre pitance! — с гримасой пустил он выражение, которое считал, почему-то, чрезвычайно новым.

— Папа говорил, что ей платят в месяц до трех сот рублей.

— Скажите пожалуйста!.. Если не хвастает на первых порах, чтобы потом начать производить давление... Ведь папа слаб... И родственное чувство в нем заговорит пожалуй...

И брат, и сестра отлично знали, какая "слабость" самое характерное свойство их отца. Они знали и то, что он до сих пор еще не разорялся на женщин. У них в доме постоянно бывает некая Маргарита Ивановна Крамер, с талантом светской актрисы, играющая во французских пьесах "не хуже Лего". Больше пяти лет как она сделалась приятельницей — не столько матери, сколько отца... И в первые три года — тогда она была побогаче — от этой вдовы доставалось им обоим не мало всяких подарков, мест в ложе и разных parties de plaisir. Теперь — что-то не то... Оба отлично сообразили, что она уже "папина ancienne", но продолжает ездить по-прежнему, только гораздо реже... И брат и сестра к ней внимательны. Бетси она была полезна по части туалетов и самых новых французских романов. Борю она принимает к себе, как большого, иногда даже угощает каким-нибудь десертным вином, и рассказывает ему всякие новости из того круга, где и он будет скоро увлекать женщин, если захочет воспользоваться своей наружностью, шиком, уверенным тоном и связями с теми из товарищей, у кого отцы — богаты и знатны.

В смежной комнате заслышались довольно тяжелые женские шаги с легким скрипом кожаных ботинок.

Анна Алексеевна, показавшись в портьере столовой, остановилась в ней и оглядела детей.

У нее широкая дородная фигура и ясное, полное лицо. Она живет без лишних волнений и в постоянном сознании своих прав, как матери и жены. Дети ее побаивались, потому что она была скупенька и карманные деньги шли от нее... Бетси она не любила, к Борису тайно имела слабость... И дети, и муж, и все в доме считали ее ограниченной, и все держались с ней осторожно. У каждого были на то свои причины... Муж около двадцати лет играл с ней комедию, которую она смутно прозревала и не хотела допытываться, а свои супружеские "права" и до сих пор ограждала, хотя и в скромных размерах.

VI

Анна Алексеевна не любила много разговаривать с детьми. Она считала это дурной замашкой матерей, не умеющих соблюдать свое достоинство...

И в ее присутствии они не позволяли себе того, что сошло бы с рук при отце.

Чай она пила медленно. Наливала Бетси. Боря, по воскресеньям, рассказывал матери про товарищей и подговаривался к чему-нибудь "экстренному", т. е. к перехвату денег, или к необходимости заказать себе новое пальто, или купить pince-nez девяносто шестой пробы. Надо было всегда заручиться согласием матери и потом уже идти к отцу...

И брат, и сестра давно распознали, что отец "дрейфит" перед матерью, по выражению Боря, потому что за ним водятся "des peccadilles", как снисходительно выражалась и Бетси.

— Сашка Скуратов проиграл на тотализаторе больше тысячи, — небрежно, но с видимым удовольствием сообщил Боря.

Анна Алексеевна повела полной шеей и остановила на сыне свои круглые влажные глаза.

— Что же тут хорошего?.. — выговорила она.

Ее лоб не наморщился; только ее "front" из рыжевато-русых волос, недавно сделанный парикмахером из Морской, вздрогнул... Под этой накладкой волосы у ней сильно редели и отдавали уже легкой сединой.

— Ах, мама, — возразил Боря, редко уступавший матери, зная, что та имеет к нему слабость. — Это понятно: он получает 10 тысяч рублей — на перчатки и конфекты, — прибавил он, и в нос засмеялся.

— И тебе завидно? — построже спросила Анна Алексеевна.

— Как ни завидуй — все равно!..

Бетси взглянула полунасмешливо на мать, как бы желая сказать этим взглядом: "Полюбуйтесь, ведь это вы допустили до такого тона!"

— Если ты подговариваешься, — Анна Алексеевна с детьми любила говорить характерным русским языком, — то очень неудачно... Постоянно клянчить за тебя у отца я не намерена... Он и не на твои глупости стал прижимист...

В другое время Анна Алексеевна не позволила бы себе так говорить про их отца, и она всегда поддерживала декорум... Аркадий Петрович с некоторых пор — не больше, как в конце прошлого месяца — стал действительно прижимист... Он уверяет, что сумма, которую он получает в дополнение к окладу в одном из обществ, окажется к новому году непременно уменьшенной, процентов на тридцать, так как дела шли гораздо хуже и один заграничный крах произвел брешь в полмиллиона.

Может быть. Она никогда не желала подозревать своего мужа в денежной бесчестности, но опять явились, в гораздо сильнейшей степени, знакомые признаки. Аркадий Петрович чаще ездит в клуб... В клуб ли? Об этом справиться можно, но она никогда не унижалась до таких справок. В клуб можно заехать на четверть часа. Если никто из знакомых его там не видел, отговорка проста: сидел в читальне, или отдыхал в "мертвецкой", как они там называют комнату с кушетками, где они храпят, наевшись пряной еды, или напившись разных вин, от которых у Аркадия Петровича уже есть признаки подагры, которые он упорно называет — "невралгиями".

Главный признак — опять непомерно начал душиться... И какие-то совсем новые духи... Так что и придраться нельзя... Сказать: "Я таких у тебя духов не знала что-то", — он ответит: "Не хочешь ли и ты душиться ими? Они в большой моде. Я их купил в Морской у твоего же куафера"...

— Папа дома? — спросила Анна Алексеевна, ни к кому из детей не обращаясь...

— Нет, — уверенно ответил Боря. — Il devient trХs matinal, — прибавил он и повел губами. — Даже в воскресенье.

— Есть дела и по воскресеньям...

Про себя она этому не верила... У обедни он не бывает — почти никогда, кроме Пасхи, да и она с детьми — очень редко: в большие праздники. Приходских церквей она не выносит, для домовых надо одеваться слишком рано, затягивать себя в корсет, а когда она поедет туда не напившись чаю, у ней сейчас начнет сосать под ложечкой.

— Мама! — окликнула Бетси, вставая после того как налила матери вторую чашку. — Madame Cramer хотела заехать за мной после завтрака... Ты ничего не имеешь против этого?

Бетси, прежде всего, желала всегда брать безукоризненностью своего тона и обращения... Ни она, ни Боря не могли допустить, чтобы мать ничего никогда не подозревала насчет этой дамы и отца. Но теперь это уже "старая история аббата Роллена": одна из обычных прибауток самого Аркадия Петровича.

Анна Алексеевна не тотчас ответила. Она отхлебнула из плоской дорогой чашки, чуть слышно посапывая, привычка, перешедшая и к Бетси, когда та разбирала ноты или что-нибудь сосредоточенно считала.

— Ты можешь... Только нет надобности засиживаться у нее.

— Я и не думаю... Мне воздух нужен... А ты ведь будешь делать визиты... Или папа возьмет лошадей?..

— Отец, кажется, не злоупотребляет этим? — сказала Анна Алексеевна с оттенком упрека.

Внутренно она не очень умилялась тем, что Аркадий Петрович редко берет карету, и даже не каждый день выезжает в одиночку.

Давно он держится известных привычек... Утром по делам он еще выезжает в экипаже или санях. К обеду и вечером почти никогда на своих.

Это тоже "штрих". Кучер лишний свидетель, а то и сообщник. Гораздо же благоразумнее — не давать прислуге никаких поводов что-либо знать или до чего-нибудь допытываться. И за это Анна Алексеевна скорей благодарна ему.

Бетси стоя, наклонясь над столом, спросила:

— Tu as fini, maman?..

— Merci, — ответила ей мать, и когда дочь вышла из столовой, исполнив обряд наливания чая, Анна Алексеевна, положила локти на стол и спросила Борю особым, ему отлично знакомым, голосом:

— Ты пожалуйста не воображай, что я буду тебе выпрашивать у отца деньги... И пожалуйста не финти... Ты, должно быть, опять задолжал?

— Пустяки.

— Однако?

— Да все тому же Сашке... Он подождет... Но по счету того, LИon Auclaire, уже больше двух месяцев... и вот еще эти...

Боря указал головой на сапоги.

— Léon Auclaire, Léon Auclaire! — повторяла Анна Алексеевна. — Какие претензии!

— Да ведь это твой же фурниссер, maman?.. Переведи на свой счет. Деньги на туалет — у тебя... Тебе нет надобности докладывать отцу. Он никогда и не протестует.

И сын так, при этом, подмигнул, что Анна Алексеевна чуть не покраснела: она еще сохранила эту способность...

Ну да, и этот мальчишка отлично понимает, что за отцом водится всегда что-нибудь, и "протестовать" ему неудобно.

VII

По воскресеньям Аркадий Петрович никогда не обедал в своем клубе... Это день семейных или званых обедов...

Сегодня он, не предупредив никого у себя — все равно, они будут обедать дома, — уехал с намерением не возвращаться в седьмом часу. Он отослал кучера от Кюба, где завтракал, и приказал доложить, что "барин кушать домой не будут".

В клубе обед ранний, в начале шестого. Ему так именно и удобно, чтобы к семи часам быть уже свободным, а это ему нужно...

У швейцара, снимавшего с него шинель с бобром, Аркадий Петрович лениво и немножко в нос спросил:

— Кто есть сегодня?

— Немного-с... Ипполит Сергеевич Преис сейчас пришли. Генерал Старов...

— А-а-а, — протянул Аркадий Петрович и стал, более бодрой походкой, подниматься по лестнице старинных сеней.

Высокие потолки барского дома, оставшегося с отделкой начала века, смотрели на него своими поблеклыми фресками. Ему хорошо дышалось, когда он медленно проходил по анфиладе огромных гостиных, превратившихся в игральные комнаты. Клуб поддерживал в нем чувство холостой свободы. Сюда жен не пускают, да и вообще никаких женщин, как в каждом, уважающем себя, клубе. Он — поклонник женской красоты, но что им здесь делать?.. Играть в карты? Какой ужас!.. Он только в жене допускал привычку, и даже страстишку, к зеленому сукну... В ней это — прекрасное свойство: голова занята, вечера наполнены... Нет ни времени, ни повода о чем-нибудь допытываться...

Сам Аркадий Петрович до сих пор не играет. Он считал бы жалким безумием тратить свой темперамент на волнения карточного стола... Карты сушат, старят, делают брюзгой, дают привычку сидеть целыми ночами за таким бессмысленным пересыпанием бумажек из кармана одного партнера в карман другого.

Обедать раз в неделю, — в дни особенных, более дорогих и вкусных обедов — он любит... Тогда вокруг него идут чисто холостые разговоры; раздается зычный смех; чувствуется, как все эти мужчины, молодые и старые — на две трети, мужья и отцы семейств — охвачены особенной радостью и молодечеством... Тут царство мужского духа. Никто за тобой не следит, никто не гувернанствует. Можно давать полный ход всему своему естеству мужчины, любить игру, вино, женщин, острить, не сдерживать себя в балагурстве, в еде, вызывать смех у слушателей вольным анекдотом.

Аркадий Петрович вошел в проходную залу, где стояла обильная закуска, и увидел у стола, как раз, двух своих близких приятелей по клубу — Прейса и генерала Старова.

Оба холостяки. Прейс — еще молодой, с выразительным лицом, высокий, черноволосый, одет в черное, но с особенным оттенком франтовства — сюртук его был непомерной длины и воротник рубашки открывал слишком глубоко вырез белой полной шеи... Генерал — коренастый, с геморроидальным лицом, держался твердо на коротких толстых ногах, лысый, лет под пятьдесят, с игривыми глазками большого женолюбца и любителя пикантных историй.

— А-а!.. Аркадий Петрович, — обрадованно крикнули оба приятеля, забивая себе в рот жадно и торопливо — один кусок форшмака, другой — два куска балыка.

— Редкий воскресный гость! — добавил генерал. — Хвалю... Хвалю... Эмансипировался от супружеского ярма.

Они сели подряд за обедом, где ели за двумя столами. Самородинова они поместили между собою и генерал предложил даже ознаменовать "эмансипацию" Аркадия Петровича, спросил бутылку "Гейдзика". К пирожному беседа получила ноты задушевности и они перестали обращаться к другим, обедавшим за тем же столом.

Генерал, с пылающими щеками от кулебяки и вина, наклонился к Прейсу через Самородина и, подмигнув, сказал:

— Что-то у нас Аркадий Петрович притаился за последнее время. Должно быть нашел какой-нибудь занимательный сюжет?

— Конечно, — отозвался Прейс, закинув голову и снисходительно усмехнувшись.

Эта усмешка покоробила Аркадия Петровича. Он вообще, внутренно, недолюбливал этого красавца, с его "каботинским" лицом и замашками влюбленного в себя петербургского "победителя".

Знает он его победы!.. Это все экземпляры из драмы и оперы. Но какие? Уже перезрелые бабенки, лет под сорок и больше. В них он мастер вызывать истерические припадки мужелюбия, да и то действует он самыми избитыми приемами: стихи читает с подкатыванием глаз, грозит пистолетом, приедет куда-нибудь в провинцию, где играет "звезда", там производит свой натиск и, когда она не сразу сдается, пускает такой прием: после бурной сцены прощается с ней "навсегда", возьмет поезд, доедет до ближайшей станции, там пересядет, и ночью, вдруг, стучится у номера "звезды", вернувшейся из театра. Картина! Она падает в его объятия и он обладает ею до новой охоты за знаменитостью.

Не любил и не уважал в нем Аркадий Петрович и то, что он так бесцеремонно рассказывал, первому встречному: кто, когда и в какой обстановке "отдавалась" ему. Эти истории ходят по городу. Разве возможно поступать так человеку, действительно ценящему то, что привлекает в женщине?

Снисходительная усмешка приятеля раззадорила его. После кофе они посидели на диване в биллиардной и тут, на новое приставание генерала, Аркадий Петрович, протянувши ноги, на особый лад улыбнулся и медленно, полутаинственно выговорил:

— Есть в немецкой расе... качества первого разряда...

— Будто? — брезгливо откликнулся Прейс.

— Бывает, — отозвался генерал и насторожил уши.

— Мы — рабы предрассудков. Мы слишком привыкли все денигрировать. Немка: это почти бранная кличка.

103

— Конечно, и Гретхен была немка, но только одна! — все также брезгливо сказал Прейс.

— Есть сюжетцы... особенно в Вене, — заметил генерал.

— Глыбы мяса! — отрезал самоуверенно Прейс.

— Не скажите, милый мой, — возразил Аркадий Петрович и мечтательно провел рукой по глазам.

Он мог бы им, в самых художественных деталях, дать почувствовать: какие бывают немки. Но он даже и о таких встречах не будет говорить, как этот непорядочный фат, поражающий сердца перезрелых "каботинок".

В начале седьмого, он стал сбираться. Генерал и Прейс переглянулись и первый сказал ему на прощанье:

— Времени не теряете! Хвалю, хвалю!..

VIII

К семи часам Аркадий Петрович должен был ждать у сквера, около Греческой церкви. Там условлена была встреча. Он послал из клуба за извозчичьей каретой. Место свидания выбрал он не совсем удачное; но иначе вышло бы неловко...

До сих пор сестра его, Лидия Петровна Ярославцева, все еще сидит в своем дешевом гарни, на Песках; только взяла номер в две комнаты... Там же завязалось у него знакомство с Эммой, ее роскошной соседкой.

И он действовал так осторожно и ловко, что Лидия Петровна вряд ли даже догадывается об этом знакомстве. Как будто дело пошло на лад довольно быстро.

Немка ищет места продавщицы или лектрисы на немецком языке к старому холостяку. Она из какого-то там Якобштадта или Феллина. В Петербурге уже второй год.

Предполагает он, что летом ее "возили" в Крым и она оттуда приехала с некоторой денежной поддержкой, которую и успела уже истратить... Разумеется, она это скрывает и дает понять, что она может устроиться как ей угодно. Аркадий Петрович попросил ее в первый же свой визит воздержаться от лишних разговоров с той дамой, которая живет с нею в одном коридоре; но вышло так удачно для него, что сестра перешла этажом ниже, и он мог, даже посещая Эмму, не сталкиваться с ней... А они только издали видали одна другую, и немка, до сих пор, не знает, что та дама и он — сестра и брат.

И, все-таки, он счел осторожнее сегодня не заезжать к ней в номера, чтобы не встретиться как-нибудь с Лидией... Да ему и приятней было для его мужского чувства сойтись в темноте, у сквера. Карета будет ждать на углу. Вот справа от Слоновой покажется стройная фигура в кофточке... Он стоит, уходя лицом в бобровый воротник... Всякий примет его за молодого человека...

Из кареты Аркадий Петрович вышел в семь часов без семи минут и двинулся по направлению к скверу.

Эмма приняла приглашение в немецкий театр, в помещении общества "Пальма". Там можно было сидеть так, чтобы ни в ком не возбудить подозрения... Там они в антрактах поговорят об устройстве ее судьбы.

Разговоры эти ведутся в крайне приличном тоне... У него огромная опытность. Эмма, прежде всего, желает показать, что она не из тех особ, которые бросаются на шею всякому богатенькому старичку. Пускай ее. Да так и лучше... Тон у ней не особенно элегантный, но приличный. Нет никаких резких замашек подозрительной особы из Остзейского края. Говорят они по-немецки, а на этом языке Аркадий Петрович, со студенческих лет, отличался большой элегантностью жаргона.

Эмма видит, что он готов устроить ее. Место конторщицы он ей сейчас найдет... Этак — гораздо лучше. И в собственных глазах она может стоять повыше, да и дело у ней будет... Это всегда хорошо... Иначе аппетиты праздной хищницы разгорятся с поражающей быстротой.

Больше десяти минут ходит Аркадий Петрович по тротуару сквера и нервно оглядывается по сторонам... Стройная женская фигура не показывалась ни справа, ни слева.

В таком ожидании протянулась целая четверть часа.

Очевидно, она не придет. Это его кольнуло... Положим, если она заболела, ей нельзя было известить его вовремя: до сих пор она хорошенько не знала ни его фамилии, ни его адреса.

Но он не привык верить женскому нездоровью; тут есть какой-нибудь "подход". Она желала довести его до того градуса, когда мужчины его лет идут на всякое безумство. Он не из таких старичков... Эмма ему очень нравится; но не настолько, чтобы ему сейчас же давать себя в лапы даже достаточно опытной девице, с неизвестным прошедшим.

Пошел мокрый снег. Аркадий Петрович кутался в бобровый воротник шинели и его недовольство росло. Его начало разбирать чувство, похожее на укор самому себе. В такую погоду, где-то на Песках, мокнуть — человеку под пятьдесят, отцу семейства?..

Ждать без конца решительно нелепо... Протянулась и еще целая четверть часа...

Она не придет, это очевидно... Может быть и ей показалось несерьезным такое приглашение: сойтись у Греческой церкви?.. Очень вероятно... Быть может она просто-напросто ждет у себя... Наконец, она могла дурно понять его, хотя он, кажется, изящно и отчетливо выражается по-немецки.

Колебания Аркадия Петровича прекратились сразу. Он быстро, подбирая полы шинели, пересек улицу, вскричал задремавшего кучера и приказал ему ехать по близости, в тот дом, где меблированные комнаты.

Если же она нездорова, но так, что может его принять — тем лучше... Разве это не ускорило бы их интимность?..

Когда карета подъехала к дому, на губах Аркадия Петровича уже скользила та особая усмешка, по которой всего легче было узнать, что он игриво думает о женщине...

Выйдя из кареты, он осторожно оглянулся и стал подниматься тихо, подбирая полы шинели. Лестница была плоховато освещена керосиновыми фонарями. Сильнее всего ему не хотелось бы столкнуться с Лидией. Она могла как раз в этот час спускаться... Теперь у ней деньжонки водятся... Как все восторженные радикалки, она "обожает" оперу: скучнейший вид удовольствий, на его вкус...

Но ему никто не попался — ни до площадки нижнего этажа меблированных комнат, ни выше.

В верхний коридор он вошел, чуть слышно двигаясь в своих

кожаных, к сожалению, калошах, издававших легкий звук... Тотчас же он повстречал горничную. Ей он уже успел сунуть в руку желтенькую.

— А! Милая... — тихо и вкрадчиво сказал Аркадий Петрович. — Барышня дома?

— Эмма Христиановна?

— Да.

— Никак нет!

— Когда же она ушла?

— Давно... Около обеда никак.

Горничная глядела на него с усмешкой в глазах.

— И не возвращалась?

— Не видала... Да нет... Вот и ключ.

Этого он не ожидал. Стало, она и "не думала" ждать... Это — фортель, и прекрасно ему знакомый.

Он даже закусил губу и отрывисто выговорил:

— Хорошо.

— Сказать о вас?

— Нет, не надо. Прощайте, милая!

И вдруг на площадке его потянуло сейчас к сестре, по какому-то смутно сознанному повороту мужского чувства. Как будто Лидия могла помочь ему. А, быть может, она что-нибудь и знает про Эмму. Он ловко подойдет к этому...

Без всяких колебаний, он, молодой походкой, спустился в нижний этаж и прямо, не глядя на доску, пошел к номеру сестры.

IX

Первая комната — довольно приличная — освещалась лампой. У стола, за самоваром, сидела Лидия — и не одна.

Аркадий Петрович чуть не подался назад... В кресле у стола он увидел Неустоева, своего домашнего секретаря...

Этого он никак не ожидал; но тотчас же вспомнил, что Неустоева Лидия, на днях, застала у него в кабинете, и, когда он, отлучившись в спальню, вернулся, то они уже разговаривали.

Неустоев был блондин, лет под сорок, худой, с длинными волосами и беспорядочной бородой. Веселые глаза приятно блестели... Он смотрел, простодушно.

Для письменной работы к себе Самородин взял его в прошлом году из писцов правления одного из обществ где был членом совета, и считал себя, в некотором роде, его благодетелем.

Неустоев быстро поднялся с места. Поднялась и Лидия, и Аркадий Петрович успел, не без удивления, заметить, что она не стеснялась.

"Опять начала блудить", — бесцеремонно подумал он и настолько почувствовал в себе "главу фамилии", что даже забыл, почему он пошел к сестре.

— А, Аркадий!.. — окликнула его Лидия. — Какими судьбами?

— Мое почтение, Аркадий Петрович, — выговорил Неустоев и, как показалось Самородину, сказал это не с тем оттенком подчиненности, как являясь к нему в кабинет с бумагами.

— Здравствуйте-с, — с чопорной оттяжечкой выговорил Самородпн и руки ему не протянул.

— Хочешь чаю? — спросила все так же развязно и уверенно Ярославцева.

— Спасибо... Слишком рано.

Аркадий Петрович тут только заметил, что все еще стоит в своей шинели с бобром...

— Что же ты не снимешь? — указала ему сестра.

Он повесил шинель и, снимая калоши, не мог сделать это сразу, что его еще более расстроило.

— Не угодно ли? — предложил ему Неустоев свое место.

— Благодарствуйте, — ответил Самородин все также чопорно и сел на диван около сестры.

Неустоев взглянул боком на хозяйку номера, и не присаживаясь, сказал ей:

— А мне позвольте удалиться...

— Почему же? — живо воскликнула Ярославцева. — Вы

еще и стакана не допили... Посидите... С какой стати? — почти против воли вырвалось у нее.

— Да право...

Неустоев не договорил и опустился на кресло.

— Ты откуда? — спросила брата Лидия, одобрительно улыбнувшись Неустоеву.

— Из клуба...

— По дороге куда-нибудь? — просто, но с усмешкой в глазах добавила она.

— Да, если хочешь.

Аркадию Петровичу решительно было неудобно интимно разговаривать с сестрой в присутствии этого "лохмача" — как он называл про себя Неустоева. Уже одно то оказалось для него крайне неприятным, что какой-то мизерабельный писарек, в котором он подозревал "разрывные идеи", вдруг видит его в довольно-таки жалком гарни, у родной его сестры.

И с какой стати, случайно познакомившись с этим "писарьком", сейчас приглашать его запросто пить чай, с глазу на глаз?

"Ах, Лидия!"

Разговор пополз туго. Неустоев, намолчавшись, стал прощаться. По крайней мере хоть это было не глупо. А "сестрица" выказала гораздо меньше такта, во второй раз упрашивая его посидеть и выпить еще стакан.

Она пошла провожать его в коридор и они о чем-то уговаривались — о какой-то работе или книжках.

Самородин встал с дивана и стал прохаживаться по комнате. Визит сестре уже казался ему весьма неуместным... И о чем он будет с ней разговаривать?..

Косвенно разузнать что-нибудь об Эмме, но для этого надо владеть собою, чтобы подойти тонко... А он потерял надлежащее настроение.

— Ну-с, — встретил он Лидию. — Ты что же, мой друг, приголубливаешь его? И он на особый лад поглядел на нее.

— Да, если хочешь, — ответила она возбужденно, — но скажи пожалуйста, зачем же ты его выгнал, как прислугу?

— Я? С какой стати?..

— Разумеется. Ты принял Аркадий такие генеральские эры, что он должен был удалиться.

— Это его дело... Он поступил только как подчиненный — и я его за это хвалю... А ты, мой друг, кажется слишком его жалеешь, — выговорил он, подчеркивая последнее слово. — Ах, Лидия! — вздохнул он и отошел к двери. — Узнаю тебя...

Лидия уже сидела опять за самоваром и наливала себе чашку...

— Ну, а ты, Аркадий, — ответила она ему в тон, — разве не верен себе?

— В каком смысле?

— Ты зачем же попал сюда? А?..

Она тихо рассмеялась, но так снисходительно, что он покраснел: это показалось ему просто дерзостью с ее стороны.

— Я в загадки не привык играть... И ребусы не охотник разгадывать.

— Это ребус — самый простой. Но я прежде отвечу на твой реприманд... Ты находишь, кажется, странным, что я заинтересовалась судьбой твоего секретаря?

— Секретарь — слишком громкий титул... Просто писарек... которому я прибавил жалованье и дал работу, у себя...

— И ты думаешь, — переспросила Лидия уже гораздо нервнее, — что его облагодетельствовал?

— Во всяком случае обратил на него внимание.

— Он получает сорок рублей... У него слепая мать и сестры на его руках... И он двадцать лет бьется, как рыба об лед.

— Ха-ха-ха! Значит он уже старался тебя разжалобить.

Аркадий Петрович пододвинулся к столу.

— Знаешь, Аркадий, — вскрикнула Лидия и ее глубокие глаза зажглись, — ты всегда был рабом своей натуры, но я не ожидала, что ты дойдешь и до такого бездушия, до такой высокомерной черствости.

— Та-та-та! — остановил ее Самородин. — Tu a tes nerfs, а главное этот лохмач со своим видом раскольничьего пророка t'a donné sur la peau, и прикармливать его удобно.

Лидия отодвинула чашку и почти гневно подняла голову.

110

X

— Однако позволь, — остановил Аркадий Петрович сестру, возвышая голос. — Мне кажется, тебе не следовало бы так морализировать?.. Твое прошедшее вовсе не таково, чтобы уполномочивало...

От недовольства он начал мямлить, искать слов и, вообще, не владел речью.

— Что ты хочешь этим сказать? — спросила Лидия, менее строго. Голос ее ощутительно вздрогнул. Глаза ее немного затуманились. — Если это намек на мою интимную жизнь... Положим оно — с твоей стороны — не очень великодушно... Но принимаю твой вызов.

— Вызов? — повторил он, переводя плечами.

— Конечно, вызов.

Лидия сложила руки на груди и села глубже, опираясь на спинку дивана.

— Я не обижаюсь, — мягко выговорила она и глаза ее стали краснеть. — Ты хочешь сказать, я потратила слишком много на любовь...

— И на мужчин, — прибавил Самородин, точно про себя

— Любила я, Аркадий, и не одних мужчин. И детей любила... Я не отказываюсь от своего прошлого и не стыжусь его. Да, любила... Увлекалась. Меня тоже любили... Много и обманывали, бросали... Что ж! Но во всем этом была душа...

— Душа! Душа! FaГon de parler!

— Это уж просто грубо, Аркадий. Ты хочешь сказать, что я стала развратной женщиной? Ты меня не оскорбишь и этим. Я знаю, что всегда меня влекло чувство. И без него я не понимала влечения к мужчине, хотя бы он был писаный красавец.

— Женщины — мастерицы сами себя обманывать.

— Может быть, но этот обман выше всего, что ты когда-либо испытал за всю твою долгую охоту за женщинами.

— Будто?

— Разбери и ты, без самообмана, всю твою любовную психологию. Какие следы твои похождения оставили в душе? У меня целое богатство!

Брат опять повел плечами.

— Да богатство! — горячо, но не громко выговорила она, — Любовь дает силу... Тратишь здоровье, бодрость тела, но становишься богаче. А ты банкрот... Ты нищий, милый мой Аркадий, при всем твоем довольстве собой и успехах всякого рода! Извини, я тобой не поменяюсь.

— На здоровье. Но не в этом, мой друг, дело.

— А в чем же? — еще кротче спросила Ярославцева.

— А в том, милая моя, что есть на все время и возраст... Можно иметь слабости... Я и сам не святой и могу терпимо смотреть на многое. Такая же натура, как твоя, не имеет, видно, предельного возраста. Ты, пожалуйста, не рисуйся и не дипломатничай со мной... Этот господин... enfin ce quidam, которого ты нашла у меня в кабинете — уже вызвал в твоей душе, — насмешливо протянул Аркадий Петрович, — новый жар... И ты размякла и способна приголубить его... как носителя дорогих для тебя идей... Ха! Ха!

Самородин окончательно встал и начал отходить к двери, по-видимому, намереваясь взяться за шинель.

— Аркадий, — меняя тон, остановила его сестра. — Ты мне скажи — ты за этим только заехал ко мне?.. А?

— Заехал так...

— Лжешь!

— Однако, Лидия, позволь... Я не Боря, чтобы...

— Лжешь, говорю я тебе, и если говорю так резко, то имею право. A charge de revanche!.. Ты пользуешься не знаю уж, каким правом... во всяком случае — не старшего брата — и начал говорить мне обидные вещи... А того не сообразил, что самого тебя ничего не стоит изловить...

— На чем? Это интересно.

Брат опять приблизился к столу.

— Я тебе скажу, зачем ты во мне зашел. Узнать что-нибудь о немочке Эмме... бывшей моей соседке... Она тебя заставила — faire pied de grue, — произнесла шутливо Ярославцева. — Не вышла на свидание... И ты прилетел сюда... ее нет... "Дай, мол, заверну к Лидии, авось у нее что-нибудь узнаю?.."

Аркадия Петровича взбесила эта выходка сестры; особенно

то, что она так сразу проникла во все... Она знает, что у него с Эммой было условлено: сойтись около Греческой церкви. Еще одна насмешливая фраза *Лидии*, и он бы произвел разнос. Но она замолчала и, покачав головой, стала набивать себе папиросу, взяв со столика гильз и щепоть табаку из коробочки.

Разноса не вышло. Он, напротив, стал улыбаться, и вместо того, чтобы подойти к вешалке — сел вдруг у печки и широко расставил ноги.

— Tu es au courant? — спросил он вполголоса. — Прекрасно!

— Прошу тебя верить — я за тобой не наблюдаю, и твои нравы меня не касаются. Об этой Эмме, — продолжала она также вполголоса, — я имела самое смутное понятие... Когда я занимала комнату наверху, она была моей соседкой... Но мы даже не кланялись и не говорили... Почему-то она узнала, что я сестра твоя — и, если тебя это интересует — сама явилась ко мне, не дальше, как сегодня.

— К тебе? — вскрикнул Аркадий Петрович и развел руками.

— Да... И напустила на себя тон... невинной девушки... Она прошла хорошую школу. Берегись!..

Лидия рассмеялась. В эту минуту брат ее был действительно смешон в ее глазах.

— Но с какой стати?

— Вот видишь: взяла, да и пришла!..

— Что ж, жаловаться, что ли?

— Нет... А скорее, как бы, советоваться... Я, разумеется, отклонила от себя всякий такой разговор. Но, уходя, она — не без язвительности сказала — извини: "Такой старый и rendez-vous назначил в скверную погоду, на тротуаре... Я — не швейка!"

Ему хотелось крикнуть: "Ты лжешь"! Но тотчас же он зачуял совершенную правдивость рассказа сестры: такими именно выражениями должна была говорить немка. Он рассердился на нее, чуть мысленно не назвал ее "дрянью" — и тут же ощутил сладкое и жуткое нытье внутри. Ему было и досадно и обидно, и как-то молодо, возбужденно он себя

113

чувствовал. Это ему напомнило другие свидания, когда его иногда надували, заставляя дожидаться целыми часами.

— Вот зачем ты завернул ко мне, бедный Аркадий! Не увертывайся.

— Как бы там ни было... все-таки, мой друг, не резон так говорить с братом и, — он хотел добавить, — "и увлекаться, старухе каким-то лохмачем-мизераблем".

Но он ничего не добавил.

— Читал ты роман Бальзака "Les parents pauvres?" — спросила Лидия, прищурив на него свои огромные впалые глаза.

— Кажется...

— Ну так там есть один барон, маньяк женолюбия... Он кончает тем, что уходит уже старцем от семьи и его находят в будке уличного писца возлюбленным гризетки... Только, Аркадий, ты хуже его... Тот тратил всего себя на страсть к любовным увлечениям; по-своему, он отдавал этому всю душу, а ты ничем не способен жертвовать... да тебе и не чем... Ты — нищий духом!..

— Пожалуйста! Прощай. Довольно! Жалею, что зашел к тебе, вперед буду умнее...

Лидия его не удерживала и, закурив папиросу, смотрела спокойно, как он надевал свои калоши.

XI

Бетси собралась идти кататься на коньках. Слегка посапывая, она поправляла на голове меховую шапочку и вуалетку.

Мать не иначе отправляла ее на каток, как с лакеем. Бетси находила это "un peu vieux jeu", но подчинялась... Как бы кто ни умничал, но когда за девушкой из порядочного общества идет выездной в ливрее, — всякий прохожий знает, кто она, и сторонится, и никак уже не позволит себе заглянуть на нее на известный лад, или идти следом и сказать что-нибудь дерзкое, или слишком любезное...

Иногда, правда, ей хотелось бы испытать: что происходит с вами, когда вечером, при свете фонарей, мужская изящная тень движется вслед и приятный баритон говорит: "mademoiselle — или — madame est donc bien pressée?"

Но она, вероятно, до выхода своего замуж не испытает ничего подобного...

Выездной что-то замешкался с надеванием ливреи... Горничная стояла и держала в руках пару английских коньков на желтых блестящих ремнях...

Позвонили с лестницы...

Горничная отворила. Вошел посыльный в красном картузе...

— Кому? — спросила Бетси тоном молодой хозяйки дома.

— Самородину, Аркадию Петровичу.

— От кого? — полюбопытствовала Бетси.

— Из Поварского переулка...

— Ответ нужно?

— Приказано подождать ответа.

— Аркадия Петровича дома нет...

— Тогда позвольте назад, — сказал посыльный, и Бетси показалось, что он при этом как-то особенно повел глазами, слезившимися от холода...

— Зачем же?.. Аркадий Петрович будет к обеду дома, тогда и пришлет ответ.

— Так мне приказано, — настойчиво выговорил хмурый посыльный, носивший длинную седую бороду.

На этот разговор из своей комнаты вышла Анна Алексеевна.

— Qu'est-ce? — спросила она, важно глядя через pince-nez, в котором читала газету.

Бетси мгновенно сообразила, что этот посыльный мог явиться от какой-нибудь дамы.

— C'est une lettre pour papa, — ответила она равнодушным тоном.

В эту минуту в передней показался и выездной в огромном меховом воротнике.

— Барина дома нет, — веско произнесла Анна Алексеевна, не снимая pince-nez.

— Я слышал-с... только мне приказано — ежели их нет, — доставить обратно...

— Почему? — спросила, подняв голову, Анна Алексеевна и бросила вопросительный взгляд на дочь...

И, вполголоса, по-французски, она заметила в сторону Бетси, что, вероятно, это от его сестры. Бетси осторожно ответила, что нет...

Анне Алексеевне известно было, что ее свояченица живет там где-то, около Греческой церкви. Сегодня за чаем было, между матерью и дочерью, решено, что Бетси зайдет с катка, на Фонтанке, к *Лидии Петровне*, извиниться за мать, что та, до сих пор, не могла быть за нездоровьем и, "конечно, — прибавила Анна Алексеевна, — ты засиживаться там не будешь".

— Я уже докладывал, — ответил посыльный недовольным звуком. — Вы меня не задерживайте, сударыня: холод и не ближнее место. Мне приказано: доставить ответ, ежели барин дома; и притом отдать в собственные руки; а нет — принести письмо обратно. Я все это докладывал барышне, да они письмо не дают... Воля ваша — это не в правиле!..

Он переминался с ноги на ногу и его старые воспаленные глаза усиленно мигали.

Анна Алексеевна слегка покраснела... Кровь играла в ней, с некоторых пор, гораздо сильнее, чем прежде, и на щеках давно уже выступили красные жилки.

— Отпустить его! — приказала она, сдерживая себя. И, точно спохватившись, она спросила: — Ты, однако, должен сказать, любезный друг, кто тебя послал?.. Если что-нибудь экстренное, то мы тебя пошлем искать барина.

— Я докладывал барышне, — продолжал так же хмуро и недовольно посыльный. — Из Поварского переулка.

— Какой дом? — довольно стремительно спросила Анна Алексеевна и ближе пододвинулась к старику.

— Туда, к Колокольной. Номер запамятовал.

"C'est bien trouvИ", — про себя выговорила Бетси, уже

116

вполне уверенная, что во всем этом: "il y a quelque chose de louche"!

— Да от кого?

— Не могу знать... Горничная мне передавала. В четвертом этаже... сказывала просить ответа...

— Cela ne nous regarde pas, — сказала Бетси успокоительно...

"Cela me regarde beaucoup", — ответила ей, про себя, мать.

— Ты видишь — барина нет, — начала Анна Алексеевна. — Отдай ему письмо, — прибавила она в сторону Бетси, — et que cela finisse!

Письмо возвратили посыльному. Он надел цветной картуз еще в передней и не спеша выдвинулся тяжелыми старыми ногами в высоких резиновых калошах...

Никакого замечания вслух Анна Алексеевна себе не разрешила. Она только оглядела дочь и сказала ей опять по-французски, чтобы она не очень утомляла себя и не была бы в испарине, так как ей надо сделать большой конец на Пески...

В голове ее уже сложилось очень цепкое и стройное соображение, вызванное этим таинственным письмом.

Это, конечно, от какой-нибудь "drTlesse..." В стороне Стремянной, в этих переулках, всегда селятся разные дамочки... Она это слыхала — давно, от самого Аркадия Петровича, когда он позволял себе шутить на игривые темы, т. е. когда у него "рыльце не было еще в пушку".

И почему-то в голове Анны Алексеевны это письмо, обличающее новую "авантюрку" Аркадия Петровича, — сейчас же, по ассоциации идей, слилось с личностью ее свояченицы, этой беглянки, хоронившей в заграничных трущобах свою постыдную беспорядочность...

С ее появлением для Анны Алексеевны несомненны признаки того, что ее муж опять что-то такое замышляет, или находится у цели... Духи у него совсем новые и ужасно крепкие. О клубе он все чаще говорит и расположение его духа, тон с ней — нежный и примирительный — все это — хотя и не прямые улики, но для косвенных — чего же больше и желать?

— Partez, — сказала деловым тоном Анна Алексеевна и подумала: "Бетси так умна, что от нее ничего не укроется..."

Допрашивать свою дочь она не станет, но от Бетси ничего не скроешь. И если оно так, нога этой "авантюристки" больше не переступит порога их квартиры.

XII

С тревожно-недовольной миной глядел Аркадий Петрович в угловое зеркальное окно на улицу.

Снег хлопьями валил с низких облаков и езда по улице мелькала сквозь эту движущуюся пелену... Обыкновенно такая погода успокаивала нервы Аркадия Петровича... Сегодня это густое и непрерывное мелькание пухлых снежинок наводило на него уныние...

И думал он на очень тошную тему... Ему надо усилить меры осторожности... Вышло нечто очень глупое и досадное.

Эмма отправила посыльного с письмом и тот повел себя нелепо, требовал назад письмо. Теперь Анна Алексеевна знает, что кто-то живет в Поварском и находится с ним в каких-то таинственных сношениях.

Вчера она, совершенно неожиданно, за обедом при дочери, спросила его:

— Кто это, по экстренному делу, присылал тебе записку из Поварского переулка? И посыльный не хотел ни за что оставить ее...

Бетси тревожно замигала и он почувствовал, что дочь догадывается, в чем тут дело, и желала бы как-нибудь замять разговор.

— В Поварском? — переспросил он, уходя лицом в тарелку супа, после чего стал усиленно действовать ложкой.

И ему показалось, что он краснеет. Едва ли не в первый раз в таких случаях. Может быть, он и не покраснел, но довольно того, что у него было подобие такого ощущения.

И увернулся он — неумело, т. е. просто "бухнул", что он не

может знать, кто где живет из его знакомых или лиц, имеющих до него нужды.

Анна Алексеевна, не горячась, в очень приличном домашнем тоне, сказала на это:

— Посыльный говорил, что его просили в четвертый этаж. Номер дома он забыл, или не хотел сказать, — добавила она без всякого особенного выражения; но он понял, что под этим сидела капелька супружеского яда.

Веки Бетси опять замигали, и она тоже начала усиленно действовать ложкой.

И теперь надо "замазывать" весь этот глупый инцидент. Неприятнее всего и то, что Эмма не сказала ему ничего про отправку записки... Что ее так приспичило — он не знает. Разумеется, и она, из осторожности, приказала посыльному принести записку обратно, если не застанет его дома...

Но все-таки Эмма повела себя с большим характером и ловкостью. Вот уже она "с собственной мебелью", у нее хорошенькая квартира в Поварском переулке, и это все, вместе с расходом на подновление туалета, обошлось не в одну сотню рублей.

"C'est une misère", утешал себя Аркадий Петрович, но он должен сознаться, что далеко еще не хозяин в этой квартире Поварского переулка. Великолепная немка из Якобштадта даже не обольщает его надеждами. Она взяла с ним тон игривой дочери, называет его "Papachen" и не очень допускает до более явственных ласк; иногда просто смеется над ним, а то так и заставляет прыгать перед нею.

И у ней есть нервы. Характер свой она умеет выказывать, как женщина, прекрасно сознающая, что она "lui donne sur la peau".

Да, в такой степени, как, быть может, ни одна женщина за последние пять, десять лет, уж конечно больше, чем друг их дома, madame Крамер. Сравнения нет!

"Постыдного" увлечения он не признает в себе. Никогда он не отдавался никакой женщине до забвения того, кто он, какие на нем лежат семейные и общественные обязанности. Чувство лет никогда не покидало его.

И вот это самое и начинает его щемить. Отчего же он лишен той душевной пылкости, какая есть, например, у его сестры, Лидии? Их недавний разговор у нее припомнился ему весь, даже с ее интонациями. Она его сравнила с каким-то бальзаковским маньяком женолюбцем, который кончает тем, что убежал от своих, кормится должностью уличного писца, состоя возлюбленным гризетки. Это его взорвало, и он ушел, чуть не хлопнув дверью. Но разве такой маньяк — не завидная натура? "Глупо, безобразно!" скажут даже его приятели, любители женщин... Но такая мания дает настоящую иллюзию. Она согревает, красит жизнь. Только с этакой страстью к увлечениям и стоит выносить все те довольно-таки несносные и унизительные "финты", какие он должен вот уже более десяти лет проделывать с своей супругой.

Будь он бальзаковский маньяк, он, может быть, и стариком ушел бы от семья и где-нибудь в Галерной гавани, в грошовой квартиришке, снискал бы блаженство.

— Мало ли что! — остановил себя Аркадий Петрович охлаждающим возгласом.

Он отвернулся от окна, боясь, что падающий снег будет еще сильнее затягивать его в хандру.

В дверях его кабинета стоял Неустоев.

С тех пор, как они встретились у Лидии, Неустоев работал у него всего два раза, и Аркадий Петрович очень сухо и довольно ядовито сделал ему выговор за какую-то канцелярскую оплошность. Тот в первый раз огрызнулся.

— Что угодно? — спросил Самородин. Приход секретаря был не в обычный час.

— Вы позволите, на минуту?

— Я слушаю.

Он не просил Неустоева сесть.

— Пришел проститься с вами и отблагодарить за неоставление, — выговорил Неустоев с усмешкой в глазах.

В голосе его Аркадию Петровичу послышалась ирония.

— То есть как же это?.. Уходите?..

— Ухожу-с... Если я вам экстренно нужен, еще неделю могу походить...

— Нашли другое место?

— Нашел.

— По какой части?

— В одной редакции.

— С Богом!

Аркадий Петрович хотел было спросить:

"Вас устроила моя сестрица?"

Для него ясно было, что у них "дело налажено". И он ощутил джентльменское презрение к этому "лохмачу", который не брезгует старой бабенкой и хочет жить теперь на ее счет.

— Желаю всякого успеха! — выговорил он уже с явным юмором. — Ваших услуг мне не нужно... Можете получить то, что вам причитается.

— Это не к спеху... Я только пришел заявить. А засим — мое почтенье!

И с коротким поклоном Неустоев вышел из портьеры, оставив Аркадия Петровича одного, посреди кабинета.

XIII

— C'est scandaleux! — выговорила Анна Алексеевна — и повела своими синеватыми белками.

Аркадий Петрович ходил по кабинету с опущенной головой.

Они говорили конфиденциально о Лидии Петровне. Предчувствие брата ее сбылось: она выходит замуж за "лохмача". И цинизм свой простерла до того, что написала ему — а стало, в лице его, и всей семье, вызывающее письмо, где говорилось, что если он считает ее брак возмутительным, он может и "освободить себя и свой дом от неудовольствия считать ее принадлежащей к их фамилии".

Эти слова Анна Алексеевна прочла два раза, сначала про себя, потом вслух.

— Quelle infamie! — воскликнула она, и шелковый корсаж ее издал треск от поворота головы.

Брат не стал защищать сестру.

Этот скандальный брак произвел выгодную для него "диверсию". После истории с посыльным жена — не делая ему сцен, начала доезжать его маленькими вопросами, на которых можно было легко поймиться.

Он распознал также, что Анна Алексеевна считала Лидию его сообщницей, как "заведомую развратницу". У нее он мог познакомиться с какой-нибудь легкой особой... Так ведь оно и вышло в действительности. Если не у нее в номере, то в ее номерах, что — одно и то же...

Теперь сама Лидия сделала своим письмом то, что родственная их связь висит на ниточке, и если она будет упорствовать в своем жалком мужелюбии, — он, разумеется, откажет ей от дому, о чем неоднократно и прежде думал... На это у него достанет твердости принципов.

— Однако, — уже по-русски продолжала Анна Алексеевна, подумав — что у ней всегда выходило с характерным наморщиванием лба, — для нашего имени это будет Бог знает что!..

— Как же с ней быть?.. Не высечь же ее?.. — возразил Аркадий Петрович, останавливаясь против глубокого кресла, куда ушла плотная фигура его жены.

— Comme chef de famille, — медленно, ища выражений, говорила Анна Алексеевна — ты должен все-таки вразумить ее... Аркадий...

— Вразумить ее?..

— В последний раз...

— Опять нарываться на разные милые дерзости?..

— По крайней мере, у нас будет совесть чиста... Я — во всем этом умываю руки. Да и не могу же я отправляться туда... где она живет... Извини меня... я, до сих пор, упрекаю себя за то, что тогда — помнишь? — и глаза Анны Алексеевны досказали: "когда приходил подозрительный посыльный?" — отправила Бетси сделать визит... — тетке...

— Ты поступила вполне порядочно.

— Может быть, мой друг, но я все-таки упрекаю себя...

Анна Алексеевна чего-то не договорила... Ей что-то

кажется, что Бетси, побывав у тетки, — стала слишком легким тоном говорить об отце... Кто ее знает, эту развратницу! Может быть, она в один разговор впустила в нее несколько капель нигилистического яда... Весьма возможно и то, что сестра — из злобного чувства — стала говорить о своем брате непочтительно, намекать на его нравы, о которых сама Анна Алексеевна, до сих пор, имеет смутное представление, больше в виде целого ряда подозрений и улик... И это длится двадцать лет, или немногим менее, по крайней мере — с года рождения Бори, а ему пошел уже восемнадцатый...

— Как же ты думаешь?.. — спросила она, грузно поднявшись с кресла.

— Что ж... Как это ни тошно, я готов...

— Merci! — значительно сказала Анна Алексеевна, поцеловав его в лоб, и вышла из кабинета.

Точно обуза свалилась с худощавых плеч Аркадия Петровича... Теперь инцидент с письмом уже не будет прыгать в мозгу его жены... Она посылает его к сестре для очистки совести, прекрасно зная, что для Лидии он не имеет никакого авторитета. И разумеется, произойдет ее скандальный выход замуж за "писаря", которого жена его даже хорошенько в глаза не знает... Видела только раза два его "хамскую" спину и беспорядочную шевелюру.

"Однако она тонкая баба!" — подумал Аркадий Петрович, охорашиваясь все-таки перед зеркалом над камином... Сегодня он был доволен и цветом кожи, и выражением своих, все еще, прекрасных глаз.

Лидию вернее заставать перед ее обедом — она ест дома — и не позднее пяти... Так он и распорядится своим временем. Но теперь он пойдет пешком по направлению к Поварскому переулку...

"Период достижения" — он сам так называет — все еще тянется... Эмма "tient la dragée haute". Эту французскую фразу приходится ему повторять каждый день... Он стал — с своей стороны — пускать в ход стратегические приемы — не каждый день заходить к ней... Она как будто не замечает этого... Придет он — она очень рада, болтает, смеется, допускает до некоторых "степенных" ласк — но и только... Место продавщицы или кассирши он предлагал ей достать, по она что-то медлит... у нее, и без того, как она говорит, есть дело. Она устраивает свою квартиру, ходит в гостиный двор, навещает каких-то подруг на Васильевском острову, даже беспрестанно что-нибудь шьет или улаживает из туалета. Книжки тоже читает, больше — романы Гаклендера и Грегора Самарова. Любит и пересказывать их содержание.

От места она не отказывается в принципе, и даже замечала не раз, что она не желает — "жить даром": "umsonst". Но только она медлит как в этом, так и во всем остальном.

Вот Аркадий Петрович и в Поварском. У них с Эммой условено, что его час — между четырьмя и пятью. Теперь около четырех; он посидит с полчаса и попадет к сестре в ее обед.

Он каждый раз подходит к подъезду дома с особым чувством чего-то молодого. Самая тактика Эммы, ее видимое желание довести его до более, сильного увлечения — в сущности приятна ему... это напоминает о других временах. Светские женщины, очень многие, бывали гораздо сговорчивее...

Швейцар уже знал, к кому он ходит...

— Их нет, — сказал ему швейцар, скромного вида бородач, и улыбнулся глазами.

— Нет? — переспросил Самородин.

— Сейчас только ушли...

Тактика принимала уже бесцеремонный оттенок.

— Ничего не приказывала сказать? — спросил он, силясь сохранить благосклонный тон.

— Никак нет, ничего.

Подниматься наверх и ждать — он не рассудил. Так еще хуже пойдет.

XIV

Опять он застал Лидию за самоваром, только что кончившую обедать — и одну.

По крайней мере хоть это его успокоило.

Он начал очень мягко, закурил папиросу и даже принял от нее чашку чая.

Лидии не трудно было догадаться, зачем он пожаловал... Но и она говорила с ним ровно, таким тоном, точно будто ничего не произошло в ее судьбе.

— Что ж, ты остаешься все в том же гарни? — спросил Аркадий Петрович.

— Беру квартиру.

— В этой местности?..

— Нет, на Петербургской стороне.

— Такая даль?

— Там воздух прекрасный... Садик есть... И дешевизна... А по конке можно в двадцать минут быть на Михайловской...

— Разве что так, — одобрительно отозвался брат и промычал без слов, что у него значило, что он собирается заговорить о чем-нибудь решительном...

— Не надо на дачу переезжать, — добавила сестра самым простым тоном.

— И скоро?.. — он остановился.

— Что?

— Твоя свадьба, — с некоторым усилием вымолвил Аркадий Петрович.

— Больших приготовлений не будет, — сказала Лидия и выпустила длинную струю дыма...

Он встал и заходил по комнате.

— Послушай, сестра, — начал он более торжественно, чем когда-либо говорил с нею, — ты понимаешь, мне не особенно приятно было являться к тебе...

— Я тебя не вызывала, Аркадий, это твоя добрая воля...

— Прекрасно, но дай же мне досказать...

— Сделай одолжение.

— Забудь, что я твой брат, что я представитель и защитник

125

той фамилии, с которой ты связана родственною связью... Говорит с тобой просто — друг твой, почти ровесник, человек с известным опытом.

Аркадий Петрович почувствовал, что вступление удачно и красиво звучало, замечалась даже чуть слышная вибрация его приятного голоса...

— Осмотрись, Лидия, куда и на что ты идешь?.. Я не стану доказывать, что ты жертва... такой слабости... к мужчинам... У каждого есть своя слабость... Что же нам с тобой считаться... по этой части. Но ведь одно дело — слабость, другое — роковой шаг... Твой возраст мне, слава Богу, известен — ты на два почти года старше меня...

— Знаю, — благодушно откликнулась Лидия.

— Не впадай, ради Бога, в самообман... А еще хуже — не бросайся с головой в прорубь... Не давай такой поблажки твоему увлечению... Вот еще два-три года — и ты будешь раба человека, моложе тебя лет на десять — и кто знает, через что ты с ним пройдешь?.. И кто его знает, кто он? Могла ли ты в такой короткий срок изучить его? Пожалей ты себя самое!

— Нет, не желаю я этого, Аркадий, — ответила Лидия, и сделала жест, показывая брату, что теперь пришла ее очередь говорить, а он — не прогневается — помолчит.

— Не хочу ломать себя, Аркадий, — голос ее вздрогнул и теплые немного нервные ноты полились, — не хочу. Так прожила весь век... Так и умру. Знаю все — я почти старуха, он моложе меня на восемь лет, у меня — никаких прочных средств... Мое чувство к нему будет все расти... Он может им злоупотреблять — бросить меня или заставить работать на себя...

— А-а! — протянул Аркадий Петрович.

— Все это возможно! И то возможно, что на меня это-то и действует. Начала с жалости, — и тут главный виновник — ты сам.

— Я?.. — вскрикнул брат.

— Конечно... Ты его держал в черном теле. Я его приголубила, узнала его судьбу... Мне совестно стало: работает он вдвое против меня, а получает сорок рублей, я — до трехсот в месяц... А для меня жалость — вещь опасная... Привязалась к нему — и тогда сближение неизбежно для натуры, как моя. Притворства в нем я не замечала... Ведь и я тоже опытный человек, Аркадий... Что ж!.. Быть может, как муж и жена — мы проживем какой-нибудь год, два... Только бы он остался тем, что я в нем вижу хорошего, честного... Буду счастлива делиться с ним всем, чем могу... Другого счастья для меня никогда не было на свете: ты это знаешь... А, может быть, и до сих пор не веришь этому!..

— И это твое последнее слово?

— Последнее... Если ты пришел объявить мне ультиматум свой и твоей супруги, — не трудись. Я тебе уже писала: считайте меня выбывшей из списков живых существ. Никто не услышит, что г-жа Ярославцева, сестра Самородина — замужем за каким-то разночинцем, Неустоевым...

Аркадий Петрович повел плечами и вбок наклонил голову.

— Моя миссия кончена... — начал было он опять с торжественностью и тягуче.

— Полно, Аркадий... — тоном старшей сестры остановила его Лидия. — Без официальных фраз!.. Пожалуйста, не жалей обо мне — это прежде всего... А сокрушаться ты долго ни о чем не можешь... извини! Это не выговор, а просто — товарищеская правда... Помнишь, — в тот раз, я тебя сравнила с бальзаковским бароном и сказала, что он выше тебя... Извини... чтобы загладить немного впечатление, я позволяю тебе приравнять и меня к этому типу... Быть может я ближе к нему. В нем, как и во мне, живет такое влеченье — "род недуга", — прибавила она с усмешкой, — и заставляет отдавать все свое существо. А ты от этого застрахован. Ты — уравновешенный...

Она встала с дивана и вышла на середину комнаты...

— Мне надо идти. Ты не взыщешь?..

— Прекрасно, прекрасно, — отозвался Самородин, чувствуя, что он совсем сбит со своего торжественно-родственного тона. — Знаешь, есть пословица: сама себя раба бьет...

— Она одинаково применима ко всем, нам бедным, — сказала Лидия, — ко всем, у кого чувство... или чувства, —

подчеркнула она, — царят в душе... А теперь, Аркадий, прощай! Вероятно — навсегда... Успокой, главное, твою супругу: ей не придется выпроваживать меня... Ты ведь видел — к тебе я пришла только тогда, когда у меня был кусок хлеба... Прощай!..

Она подошла к нему еще ближе, и положив обе руки ему на плечи, поцеловала его в лоб.

Аркадий Петрович, при этом, закрыл глаза. Потом — поведя плечами — выговорил чуть слышно:

— Бог с тобой... Умываю руки...

— Еще бы! — вырвалось у *Лидии*, уже менее тронутым тоном, и Аркадий Петрович, испугавшись, что она чем-нибудь его "прихлопнет", молча отошел к вешалке. Последнего слова ему сказать не удалось.

XV

Визит к тетке, действительно, вызвал в Бетси нечто новое, что не ускользнуло от Анны Алексеевны.

Лидия могла бы, прощаясь с братом, передать ему кое-что из разговора с племянницей, когда Бетси сделала ей, вместо матери, официальный визит. Бетси, раза два, дала ей почувствовать, что она прекрасно все понимает и желает, чтобы ее считали за вполне взрослую девушку. Она "прошлась" насчет madame Крамер, друга их дома, и насчет того, как отец ее не желает еще "enrayer", то есть переходить на положение пожилого мужчины и отца семейства.

Не без удовольствия услыхала *Лидия* от племянницы, что той хотелось поступить на какие-нибудь высшие курсы: у Труба[] она шла первой, и ее сочинения, на трех языках, считались образцовыми. Она как бы попросила даже тетку настроить отца насчет курсов, а мать она будет обрабатывать, постепенно, всю зиму и все лето. Она знала, что это самая лучшая метода... Сначала та откажет, но если возвращаться к тому же, то можно добиться своего.

По уходе ее *Лидия* подумала: "Этой неглупой и очень уже

128

скептической девушке не хочется ли, просто-напросто, воспользоваться хождением на курсы, чтобы иметь больше свободы?"

И она не ошиблась. Это было главным побуждением Бетси. Но к нему присоединялось и желание показать и себе, и посторонним, что для нее нет никаких трудностей. Она и на высших "курсах будет первая. Разумеется, она и там станет держаться в стороне от разных "растерзанных", если такие еще есть... Нынче ведь и они франтят, и прежних "типов" она что-то нигде и на улицах не встречает.

Когда она будет искать себе мужа, она выберет его из людей немолодых и серьезных, делающих себе карьеру. Таким мужчинам нужна жена с большим образованием, способная играть роль, помогать мужу в его планах, влиять своим знанием людей, начитанностью, репутацией женщины "выдающейся".

Бетси не торопилась и первым разговором с отцом; но сегодня она, с утра, надела темное суконное платье, точно собралась именно на курсы, и перед тем, как идти в столовую, садиться за самовар, спросила у камердинера: дома ли отец?

Он еще не уезжал.

В кабинет вошла она как-то особенно плавно, склоня голову к правому плечу, оглянула отца еще в портьере двери, приблизилась в нему и положила руку на его плечо, сзади поцеловав в голову...

— Здравствуй, Бетси!.. Тебе что?

Аркадий Петрович спросил так потому, что у нее не было привычки приходить к нему по утрам.

— Ты очень занят? — спросила Бетси и присела в столу.

— Не особенно.

— Видишь, я хотела поговорить с тобою, — небрежно прибавила она.

— Сделай одолжение.

— А ты нынче молодцом выглядишь! — употребила Бетси неизбежное петербургское выражение, которое отец ее, проведший детство не в Петербурге, считал совершенно недопустительным.

— Что же так? — откликнулся польщенный Аркадий Петрович.

— Так... глаза светлее и цвет лица стал лучше.

"Она что-нибудь будет просить", — подумал Самородин.

— Скажи, папа, — продолжала она легко, почти игриво, — я не ошиблась?.. Могла я тебя встретить вчера?

— Где?

— Я шла от Владимирской...

— Как шла?

— С лакеем, успокойся... — заметила она с иронией. — Ведь мама до сих пор не допускает...

— Как же иначе? — выговорил Аркадий Петрович таким голосом, что он сам и не стоит за такую строгость, но мать надо слушаться.

— Я шла от Владимирской, — повторила Бетси, а ты ехал в карете... в извозчичьей...

— Когда же? — спросил, нахмуриваясь, Аркадий Петрович, движением бровей желая скрыть свое смущение.

Он, действительно, ехал в карете и не один, а с Эммой. Это было неосторожно, крайне неосторожно; но, перед тем, у ней на квартире, она так была красиво и задорно соблазнительна, что он тут же предложил ей сам довезти ее до Гостиного двора, где у Шутова и Кольцова она заметила какую-то "confection", не дававшую ей спать всю ночь. Но и после покупки этой "confection" он все-таки не стал полным хозяином квартиры в Поварском переулке.

— Значит, я ошиблась? — спросила так же игриво Бетси и так на него взглянула, что он сразу почувствовал в ней свою сообщницу.

"За это она с меня что-нибудь стребует", — быстро подумал он.

— Не знаю, мой друг, — проговорил он неясным звуком.

— Конечно это был твой двойник. В карете сидела дама... блондинка. Очень красивая.

Бетси опять вскинула на него глазами.

Помолчав, она нагнулась к нему и сказала вполголоса:

— Теперь я не буду тебя задерживать... Видишь, мне давно пришла мысль...

— Какая, мой друг?

— Ты ведь не так Ю cheval sur les convenances, как maman, неправда ли?.. Ты знаешь, что у меня никакого вкуса ни к чему непорядочному нет.

— Ты у меня большой дипломат! — вырвалось у него.

— Может быть... Ты видишь, papa, я скучаю... у меня слишком много времени... Одни гости и выезды — это не может наполнить.

— И ты... хочешь что-нибудь затеять? Поступить в общество? Или взять... какую-нибудь специальность? — шутливо спросил он. — Выжигать по дереву? Или рисовать по фарфору?

— Нет, это слишком банально. Я хорошо училась. Зачем же это забрасывать?

— Неужели в курсистки пришла проситься?

— Jes, — шутливо выговорила Бетси, встала и положила ладони рук вокруг своей, черезчур тонкой, талии.

— Охота... И maman ни за что на это не согласится!

— А ты?

Взгляд Бетси говорил: "Ты меня не можешь не поддержать, особенно после вчерашней встречи".

Он это мгновенно сообразил.

— Maman мы будем готовить, — сказала вполголоса Бетси и, наклонившись над его креслом ближе, поцеловала его в голову. — Это пока между нами... Когда у тебя будет свободная минута, мы к этому вернемся, ты позволяешь? Ведь maman все еще не признает, что я с августа — увы!.. совершеннолетняя; могу даже замуж выйти...

— Без согласия родителей?

— Только я не собираюсь. Да и не за кого, ты сам знаешь, — добавила Бетси с усмешкой.

"Ее на мякине не проведешь", — подумал Аркадий Петрович, глядя ей вслед, и хотел было рассердиться, как отец, но не нашел в себе для этого никакого настроения, хотя ему приходилось отныне еще труднее хоронить концы и перед женою, и перед дочерью.

XVI

Сверху падала мокрая крупа, сродни той, когда Аркадий Петрович, кутаясь в шинель, ходил вдоль решетки сквера, около Греческой церкви.

И так же мигали фонари, только газовые. И так же он кутался в свою шинель с бобровым воротником.

Но его грызет нечто другое... Он и оживлен, и взволнован, как давно не был в своих многолетних встречах с женщинами...

Слишком хорошо он знает их, чтобы удивляться лживости, обману, их прирожденному таланту: непременно проводить и дурачить мужчину, бесить его, вымещать на нем обиды, или блажь, или злость...

Все это он знал, хотя и не мог про себя сказать, что именно он был всегда жертвой женского коварства. С ним они обходились почти всегда прилично, некоторые даже — очень великодушно... Должен он сознаться и в том, что стремление к новизне, к смене ощущений — отличало гораздо более его, чем его тайных подруг, вплоть до последней его "дружбы" с приятельницей его жены, madame Крамер... Не она, а он сам все отходил и отходил от нее, с тех пор, как она уже более не давала ему "трепета" — "le frisson nouveau" — выражение, вычитанное им у французских романистов реальной школы...

Случалось немало таких охлаждений с его стороны и раньше. Некоторые женщины из общества были на столько умны, что вовремя догадывались, сами начинали выказывать равнодушие, или делали сцены, для того, чтобы с честью "попадать в отставку".

И едва ли не в первый раз приходится ему испытывать такое "третирование", и от кого? От немки из Якобштадта, которую он сразу "поместил в собственную мебель"... Положим, она очень красива, но почему же она перебивалась в дешевом гарни, где ела дрянную кухмистерскую стряпню, без хороших туалетов, без всякого прочного заработка? Ведь, когда он ее перевозил, она была "кругом в долгу".

И вот, в какие-нибудь две-три недели, она вошла до такой степени в чувство своей силы — силы своего роскошного тела и вызывающего лица... До сих пор, он все еще на положении "папаши".

Сегодня случилось нечто, уже из ряда вон выходящее.

Было условлено, что они поедут обедать в ресторан...

Аркадий Петрович обставил это всеми предосторожностями: карета, Донон, кабинет внизу, чтобы сейчас же юркнуть из коридора, высокий бобровый воротник шинели, которую он снял бы в кабинете...

Час был условлен вполне точно — половина седьмого. Он приехал, остановил карету за два дома и взбежал молодой походкой в четвертый этаж. Звонил он бесконечно. Никого в квартире. Зашел он с заднего крыльца — то же самое!.. Значит, не только обманула, но и отпустила всю прислугу, зная хорошо, что он должен непременно заехать.

Вместо того, чтобы сесть в карету и ехать домой, — он отпустил ее и стал ходить взад и вперед по тротуару противоположной стороны переулка.

Ходил он больше часа. Его глодало чувство большой обиды, почти негодования... Будь у него ключ от квартиры, он проник бы туда, и не знает, чего бы ни наделал. Может быть, избил бы всю посуду и те "bibelots", которыми он украсил ее будуар.

Но его начал глодать и голод. Куда идти?.. Он вспомнил, что в двух шагах — Палкин... Никогда он не бывал там. Сидя в большой зале, с оркестрионом, он ел механически, сконфуженный и подавленный тем, что он — совершенно беспомощен, что он не в силах ничего произвести, чтобы "отвести душу" — ничего!

И когда он, съев поспешно обед, спустился на Невский, то его потянуло на Владимирскую, а оттуда в Стремянную и в Поварской переулок.

Вот он опять заходил по тротуару, беспрестанно поднимая голову на окна четвертого этажа... Они оставались темны... На улицу выходят столовая и гостиная; спальня и маленький будуар — окнами на двор...

Теперь ему хотелось одного: поймать ее, обрушиться на нее грубо, гневно, так, как эта "бабенка" того заслуживает, и объявить ей, что он от нее отказывается навсегда.

Сгоряча, все это казалось ему выполнимым...

И вдруг он сообразил, — что такое обозначала эта возмутительная бесцеремонность обращения с ним?..

На днях Эмма подъезжала к нему с ласками, обещавшими многое, насчет ее брата, какого-то конториста, на Острову. Тот мог бы поступить кассиром в один торговый дом экспортеров, но для этого нужна: "eine Caution". Он отвел разговор и она не настаивала... Залог кассирского места — не шуточная сумма... И без того он сокращает свои личные расходы донельзя.

Переулок стал совсем пустой. Вот раздался глухой звук саней. Аркадий Петрович очень стремительно воззрился в даль.

Сани — или лихач, или барские, судя по ходу серой лошади — остановились за два дома до того крыльца, которое ведет к ней...

Мелькнула цветная фуражка. Офицер остался в санях, а женская фигура, в ротонде с белым бараном, выскочила, кивнула ему два раза головой и пошла по тротуару. Сани повернули назад, к Стремянной.

Это она — Эмма! Он теперь прямо против нее... Его точно что внутри толкнуло: перебежать и остановить ее "с поличным". Ноги отказывались.

Прежде всего он боялся скандала... Светлая ротонда скрылась в подъезде.

Аркадий Петрович все стоял, как бы дожидался, что вот покажется свет в окнах квартиры. Но свет не появлялся. Она прошла прямо в спальню.

И опять — так беспощадно и резко — представился ему вывод: "Он даже не тот бальзаковский барон, с каким сравнила его Лидия!"

Лидия? Она — счастливица! Живет с новым мужем, лелеет его, отдает ему и труд свой, и всю душу... В ней горит неугасимый огонь, ее влечет жажда пылкого чувства, неутолимая тяга к тому, кто даст ей самозабвение...

Если роскошная блондинка так захватила его — человека под пятьдесят лет — кто же мешает ему — броситься в эту, хотя бы и чувственную, страсть головой вниз; подняться сейчас к ней, сделать ей бурную сцену, потом пасть на колена: поклясться, что для нее он бросит все: жену, детей, свое положение, женится на ней... пойдет на все — вплоть до преступления...

Кто мешает?.. Он сам... Лидия перед ним — "богачка", — это глубокая правда. А он — с выеденной, оскуделой душой...

www.ingramcontent.com/pod-product-compliance
Lightning Source LLC
Chambersburg PA
CBHW020344260626
47156CB00004B/1680